CARTAS À MÃE

O livro é a porta que se abre para a realização do homem.
JAIR LOT VIEIRA

CARTAS À MÃE

Antoine de SAINT-EXUPÉRY

Tradução, notas e prefácio
Narceli Piucco

Introdução
Jonas Tenfen

VIALEITURA

Copyright desta edição © 2017 by Edipro Edições Profissionais Ltda.

Título original: *Lettres à sa mère*. Publicado originalmente em Paris em 1955. Traduzido a partir da primeira edição.

Todos os direitos reservados. Nenhuma parte deste livro poderá ser reproduzida ou transmitida de qualquer forma ou por quaisquer meios, eletrônicos ou mecânicos, incluindo fotocópia, gravação ou qualquer sistema de armazenamento e recuperação de informações, sem permissão por escrito do editor.

Grafia conforme o novo Acordo Ortográfico da Língua Portuguesa.

1ª edição, 2017.

Editores: Jair Lot Vieira e Maíra Lot Vieira Micales
Edição de texto: Denise Gutierres Pessoa
Produção editorial: Carla Bitelli
Assistência editorial: Thiago Santos
Capa: Marcela Badolatto | Studio Mandragora
Revisão da tradução: Jonas Tenfen
Preparação: Tatiana Tanaka
Revisão: Marta Almeida de Sá e Regina Pereira
Editoração eletrônica: Estúdio Design do Livro
Imagem de capa: Shutterstock

Dados Internacionais de Catalogação na Publicação (CIP)
(Câmara Brasileira do Livro, SP, Brasil)

Saint-Exupéry, Antoine de, 1900-1944.

    Cartas à mãe / Antoine de Saint-Exupéry; tradução, notas e prefácio de Narceli Piucco; introdução de Jonas Tenfen. – São Paulo: Via Leitura, 2017.

    Título original: *Lettres à sa mère*; 1ª ed. 1955.
    ISBN 978-85-67097-40-4

    1. Escritores franceses - Biografia 2. Saint-Exupéry, Antonie de, 1900-1944 – Correspondência I. Piucco, Narceli. II. Título.

17-02246   CDD-843

Índice para catálogo sistemático:
1. Ficção : Literatura francesa 843

VIA LEITURA

São Paulo: (11) 3107-4788 • Bauru: (14) 3234-4121
www.vialeitura.com.br • edipro@edipro.com.br
@editoraedipro   @editoraedipro

SUMÁRIO

Introdução: O viajante Exupéry, por Jonas Tenfen __7

Prefácio, por Narceli Piucco _____17

CARTAS À MÃE _____21

Prólogo _____23

Cartas _____37

INTRODUÇÃO
O VIAJANTE EXUPÉRY

ALGUNS INDIVÍDUOS tiveram a vida de tal modo repleta de aventuras que sua biografia parece competir com épicos e livros de capa e espada. Por vezes isso se deve ao próprio momento histórico no qual essas vidas se gastam (afinal, paga-se um preço por viver em tempos interessantes). Mas, por vezes, deve-se à capacidade narrativa desses indivíduos – ou dos pesquisadores e historiadores – para compor biografias. Antoine de Saint-Exupéry reúne esses dois elementos.

Terceiro dos cinco filhos do conde Jean-Marc de Saint-Exupéry e da condessa Marie Boyer de Fonscolombe, Antoine nasceu em Lyon, na França, no dia 29 de junho de 1900. Apelidado de Tonio, sempre se mostrou criança ativa, pouco inclinada à apatia, e aos olhos dos pais e dos parentes nobres dava pistas de que teria um futuro aventureiro. Em 1904, num revés bastante duro para a família, Jean-Marc teve uma hemorragia cerebral e não resistiu. A surpresa do acontecimento, com ares de tragédia, revelou uma verdade maquiada: embora tivesse títulos e contatos, a família não acumulara muitas posses.

Contudo, Marie Boyer não se viu só na tarefa de cuidar de Marie-Madelaine, Simone, Antoine, François e Gabrielle. Não raro seus filhos passavam temporadas em casas de parentes mais ou menos distantes, aprendendo por imitação certos hábitos, sendo instruídos na religião e buscando nos atos manter a nobreza. Tonio passou grande parte da infância entre os castelos franceses de Saint-Maurice-de-Rémens (em Ain) e de La Môle (no Var); moradas, móveis e convívios que jamais seriam apagados de sua memória.

Esse convívio aristocrático – opressor e pouco receptivo aos coloridos da infância – não proporcionava à criança a educação formal necessária a sua formação. Assim, em outubro de 1909, Tonio foi matriculado no colégio jesuíta de Notre-Dame de Sainte-Croix. Tatane – segundo apelido que recebeu – conheceu ali novos parceiros de aventuras, da sua idade, e todo esse mundo novo competia com a necessária dedicação às tarefas escolares. Antoine ainda era um aluno tido como regular.

Um parêntese: em novembro de 1906, Santos Dummont sobrevoou Paris com seu 14-Bis. Esse prodígio da engenharia ocorreu justamente na capital do mundo à época, com as nações tentando conquistar com a técnica o terreno perdido por atraso durante as revoluções industriais; investidores e pesquisadores de muitos países – em especial Alemanha e França – lançaram-se à empreitada de fazer aviões cada vez mais velozes e práticos, mas não necessariamente mais seguros. Os aviadores dessa época eram vistos como novos desbravadores, aventureiros criando rotas aéreas que mais tarde seriam exploradas comercialmente; para muitos, a conquista dos céus tornou-se um esporte galante, só para nobres – durante a Primeira Guerra Mundial, a aviação revelou-se de novo um desafio para cavaleiros (aéreos, neste caso).

Se não é difícil imaginar o fascínio que tais máquinas provocavam nos adultos da época, que dirá nas crianças. Em 1912, Tonio assiste a uma corrida de aviões no aeródromo de Ambérieu-en-Bugey (situado a apenas alguns quilômetros do castelo Saint-Maurice). Era hábito seu pedalar até esse fascinante local ao lado de sua irmã Gabrielle. Tinha a oportunidade, assim, de conversar com os mecânicos e pilotos, e com o passar do tempo foi se tornando uma presença cada vez mais frequente nos hangares. Foi ali – depois de pedir a bênção à mãe – que voou pela primeira vez, em companhia do piloto Gabriel Wrolewski.

Além da recém-adquirida paixão por aviões, uma nova atividade passou a ocupar o tempo livre do jovem no colégio e também nas férias com familiares e aviadores: a escrita. Para além das redações em francês e dos exercícios de gramática, as cartas aos parentes começaram a ganhar mais vivacidade, revelando o domínio da língua escrita. Receosa de que isso causasse prejuízo aos estudos do filho – o que parecia ser uma suspeita válida –, Marie Boyer impediu-o de começar a colaborar com jornais, até mesmo com um jornal escolar dirigido por colegas (aqueles que o apelidaram de Tatane).

Era um momento profícuo para jornalistas, mas o mundo se mostrava cada vez mais perigoso: chegara a Primeira Guerra Mundial. Marie passou a trabalhar como enfermeira em um hospital militar, o que lhe dava relativa segurança financeira, mas seu coração de mãe não conseguia ver o mundo como um lugar seguro para os filhos, principalmente os mais aventureiros. Marie mudou Antoine e François de internato: ambos passaram a residir no colégio marista Saint-Jean, em Friburgo, na neutra Suíça. Ficariam, assim, entrincheirados nas carteiras escolares.

Antoine de Saint-Exupéry não foi um aluno prodigioso ali; bem ao contrário, na verdade. Muitos interesses simultâneos e pouco empenho nas obrigações escolares o marcaram com a pecha de aluno pouco brilhante; as razões que levaram a mãe a apelidá-lo, ainda criança, de "Pique-la-lune" (para indicar que estava sempre "no mundo da lua"), pareciam ainda se fazer presentes, principalmente por sua pouca afeição àquilo que os adultos consideravam útil. Durante as aulas, fazia anotações sobre suas leituras e por vezes rabiscava desenhos – não se sabe ao certo se nesses cadernos já figurava um menino loiro de cabelos espetados que vivia em um asteroide com uma rosa. Apesar da aparente insubordinação intelectual, Antoine concluiu os estudos formais em 1917, conseguindo sua aprovação no *baccalauréat*.[1]

Dispensado da escola, ou, antes, livre dos estudos formais, Antoine passou a dividir o tempo gasto com escrita, desenho e redação de pequenos textos jornalísticos com uma série de trabalhos que não lhe davam segurança financeira; os aportes da mãe eram minguados. Parecia mais afeito a descrever o mundo que via do que a ganhar o próprio sustento; e, como eram tempos de crise, seus escritos não encontraram mercado. O resultado dessa equação era previsível: acabou o dinheiro.

O mundo militar, particularmente o moderno e ocidental, sempre pareceu uma alternativa de salvação social e financeira para os mais pobres. A carreira militar era um caminho aceitável para herdeiros e nobres, em especial para estes últimos. Ao jovem Antoine mostrava-se como a única opção. Primeiramente, a reprovação na tentativa de ingresso

---

1 Qualificação acadêmica criada por Napoleão Bonaparte em decreto de 17 de março de 1808, exigida de estudantes franceses e estrangeiros ao final do liceu (ensino médio) para o ingresso em curso superior. (N. E.)

na Escola Naval; depois, a impossibilidade de ser arquiteto pela École Nationale Supérieure des Beaux-arts. Por fim, em 1921, iniciou o serviço militar no 2º Regimento de Aviação, em Estrasburgo. Abriam-se assim as asas do destino sobre o cadete. Asas de metal, mas que o levariam aos céus.

O serviço militar e o soldo fizeram que sua produção escrita diminuísse e que cessassem também suas atividades em outros trabalhos. A vida militar tem suas dificuldades próprias, e o cadete as enfrentou sem bravatas, pois a resignação parecia ser o elemento necessário para não acabar com o parco humor dos superiores. Antes de tornar-se piloto, Antoine foi mecânico, aprendendo em detalhes o funcionamento de um avião. Nos exercícios com a aeronave, certa vez mostrou-se pouco atento ao tamanho da pista, o que poderia ter resultado em um desastre.

Escalou algumas posições militares, chegando ao posto de subtenente. Depois da formação militar, obteve também o brevê para a aviação civil, enquanto estava no 37º Regimento de Aviação, em Casablanca. Agora não mais em uma posição tão rasa, voltou a dedicar-se à escrita e aos desenhos de colegas e de paisagens. Optou por tornar-se efetivo no 34º Regimento de Aviação, em Bourguet, onde sofreu seu primeiro grande acidente aéreo: algumas fraturas, a mais grave no crânio. Recuperado, ainda em 1923 foi desligado da aeronáutica; mas, como se verá, apenas temporariamente.

Havia a possibilidade de o subtenente Saint-Exupéry entrar para o exército; como apontam os biógrafos, parecia haver interesse do exército pelo jovem, em grande parte por sua facilidade para comunicar-se com populações de culturas diferentes e exóticas (ao olhar europeu, naturalmente). Sua noiva à época, Louise de Vilmorin, herdeira e escritora, opôs-se à ideia, e Antoine deixou a vida militar para assumir um emprego burocrático em uma das empresas da família da noiva. Depois de não muito tempo, o noivado teve fim, juntamente com o cargo.

Mais um período dedicado à escrita, mais uma gama de trabalhos que não garantiam o sustento; seus conhecimentos em mecânica lhe renderam um período empregado em uma fábrica de caminhões, seguido por outro em que exercia a função de vendedor de peças. Mas lhe faltava algo, além, é claro, do tempo para se dedicar à prosa longa: faltava algo na vida desse anônimo.

Estradas não podem competir com os céus. Em 1926, Didier Daurat, responsável pela consolidação e expansão da Companhia Latécoère (que, depois de tentar alguns nomes, assumiria sua forma definitiva, Aéropostale), contratou o piloto para transportar correspondência entre Toulouse, na França, e Dakar, no Senegal. O aviador com ganas de escritor deve ter observado os malotes algumas vezes e refletido quantas cartas de amor estaria levando, quantos rompimentos, boas e más notícias, saudades, suspiros... Portava papéis com palavras e, às vezes, passageiros.

Era um período de grandes aviadores. Destacam-se aqui Jean Mermoz e Henri Guillaumet, ambos com biografias que também desafiam a ficção. Saint-Exupéry conviveu muito com esses experientes pilotos, deve ter ouvido várias de suas histórias iniciais, conseguindo assim, finalmente, matéria para publicação. Na revista *Navire d'Argent*, por intermédio de Jean Prévost, publica o conto *L'aviateur*, cujo mote central é o piloto que não consegue parar de viajar; mote que será reaproveitado em seu primeiro romance, *Courrier sud*.

Saint-Exupéry era pontual, profissional e dedicado; recebeu o codinome Saint-Ex (por vezes grafado como Santex), nascido da brevidade com que permanecia nos pontos de parada, sem tempo nem para dizer seu nome completo (a versão mais oficial diz respeito à dificuldade dos não franceses de pronunciar seu nome). É preciso manter um pouco de sobriedade aqui: Saint-Ex nunca foi um ás da aviação. Nesse período, Mermoz e Guillaumet eram celebridades internacionais; a fama deles o precedia em muito. Como foi dito, Antoine era pontual, profissional e dedicado, mas até então era só mais um piloto da Aéropostale.

Isso porém não o impediu de galgar postos e ganhar confiança dentro da companhia. Em 1927, depois de ter sido designado para muitas outras escalas, foi nomeado chefe da escala em Cap Juby, no Marrocos. Sua habilidade para relacionar-se com os locais era fundamental para recuperar pilotos cativos resgatados por nômades.

Foi um período muito produtivo para o escritor. Além de enriquecer seu cabedal de experiência humana, contava com muito tempo – entre uma viagem e outra – para escrever; também as noites no deserto precisavam ser preenchidas com algo mais que imaginar como seria viajar pelas estrelas. São desse período as primeiras anotações para *Citadelle*, uma de suas obras mais importantes, da qual o clima e a razão são o silêncio e o habitante é Deus (nas palavras de Jean Huguet). *Citadelle* só foi publicado postumamente, e muitos de seus elementos principais já estavam presentes nos três primeiros livros de Saint-Exupéry.

O deserto de areia também tinha seus percalços. Alguns acidentes acrescentaram novas cicatrizes a Saint-Ex, que chegou a ficar um tempo perdido no deserto depois de uma queda de avião. O mundo acompanhava pelas páginas dos jornais os avanços da Aéropostale pela África e logo pela América, mas também o desaparecimento, morte ou invalidez de muitos pilotos.

Em 1929, além de publicar seu primeiro romance, *Courrier sud*, Saint-Ex recebeu a incumbência, juntamente com Mermoz e Guillaumet, de partir para a América do Sul. A companhia queria expandir suas linhas até a Patagônia, subir pelo Chile até a América Central e então chegar aos Estados Unidos. Era preciso fazer percursos no Brasil, país cuja costa era a maior do Atlântico sul em extensão e o ponto na América mais próximo da África (daí o acordo, durante a Segunda Guerra Mundial, para que aviões estadunidenses partissem do Brasil em direção à África para bombardear fascistas italianos, aproveitando a rota aérea criada pelos franceses).

Hoje sobram disputas sobre os locais por onde Saint-Ex teria passado em suas viagens. Na época, sua presença não despertou muito interesse dos jornais brasileiros, ao contrário de Mermoz e Guillaumet, este em menor escala que aquele. As grandes paradas de Saint-Ex no continente sul-americano foram Rio de Janeiro, Montevidéu e Buenos Aires, deixando às outras cidades paradas realmente esporádicas, quase nunca superiores a 15 minutos, sem tempo para tomar café em cafeterias então inexistentes ou batizar filhos de pescadores, como aponta João Carlos Mosimann. O grande documento desse período é o livro de Marcel Moré (em colaboração com o jornalista William Desmond) *J'ai vécu l'épopée de l'Aéropostale*. Moré, que era mecânico de aviões e trabalhou principalmente no Rio Grande do Sul e na Bahia, descreve na obra o difícil cotidiano de construir uma empresa no Brasil, lutando contra a violência e a política, e indica alguns dos pousos ocasionais de Saint-Ex.

Além de uma vida noturna mais interessante, as cidades buscadas por Saint-Ex tinham grandes livrarias e bibliotecas muito bem aparelhadas. Ele se informava pelo mundo com jornais que ajudava a tornar diários e também pesquisava grandes acontecimentos relacionados à aviação. Continuava com lavor de poeta e desenhista, mas, aproveitando a recepção positiva do primeiro romance, lançou, em 1931, *Vol de nuit*, que relata uma batalha do aviador contra a noite e o tempo na América do Sul, em especial na Patagônia argentina. Romance de grande sucesso, de público e de crítica.

Ainda em 1931, Antoine casou-se com Consuelo Suncin Sandoval de Gomez, doravante Consuelo de Saint-Exupéry. Nascida em El Salvador, Consuelo tinha interesses e atribuições nas artes plásticas, como pintura e escultura, mas também era escritora. Para dizer o mínimo, foi um casamento marcado por afastamentos e egos intempestivos de ambos os lados. É tentador ver nela uma rosa belíssima, sedutora, mas cheia de espinhos. É de Consuelo, contudo, a frase que melhor explica o casamento dos dois: "É difícil ser esposa de aviador; mas pior é ser esposa de escritor famoso".

Em 1931, a Aéropostale chega ao fim como companhia autônoma. Enfraquecida financeiramente pela concorrência (de outras companhias e de navios mais velozes), enterrou-se de vez em um escândalo financeiro de grandes proporções. Diversos documentos que explicariam muito de sua história seguem em segredo de justiça (até mesmo, quem sabe, esquecidos por alguns herdeiros). A Aéropostale foi incorporada pela então jovem Air France, tanto nos passivos quanto na mão de obra disponível; Marcel Moré, por exemplo, fez muito bem a transição de mecânico da Aéropostale para a Air France.

Quem não conseguiu fazer transição semelhante foi Saint-Ex, desligando-se em 1932 da nova companhia, mas não da aviação. Dividia o tempo de testes ou corridas de aviões com a atividade jornalística. Fez grandes reportagens no Vietnã (1934), na União Soviética (1935) e na Espanha durante a Guerra Civil (1936), como repórter do jornal *Paris-Soir*. Na tentativa de bater o recorde de três dias e 15 horas de viagem entre Paris e Saigon, Saint-Exupéry partiu em busca dessa façanha em 29 de dezembro de 1935, acompanhado do mecânico André Prévot. Dois dias depois, caíram no deserto da Líbia. Em 1938, os dois tentaram novamente um voo experimental de 14 mil quilômetros, de Nova York até a Patagônia. Acidentaram-se na Guatemala, passando, depois do resgate, meses em recuperação em Nova York. O traumatismo craniano sofrido por Saint-Exupéry o deixou em coma por quase um mês.

Os acontecimentos e o resgate do piloto e do mecânico no deserto da Líbia estão relatados em *Terre des hommes*, terceiro livro de Saint-Exupéry, que marcou sua consagração como escritor. Publicado em 1939, apresentava todo o sofrimento do autor como sobrevivente e do repórter e pesquisador como testemunha. Nada ali contudo é maior que o deserto (o de areia e o de neve, diga-se), nada ali é mais poderoso que a terra onde os homens caminham e se sentem sós. Do ponto de vista da narrativa, é a recapitulação dos romances anteriores com personagens históricos, com indivíduos que figuraram nas páginas dos jornais em vitórias e desastres.

Antoine vivia, e muito bem, de direitos autorais. Prêmios e homenagens ocupavam seu tempo, mas os rascunhos e a escrita sem publicação contratada prosseguiam; inclusive sucessivos rabiscos de um menino aventureiro que morava em um asteroide acompanhado de uma rosa. A guerra eclodiu, o piloto retornou à aeronáutica como capitão. Embora já tendo perdido alguma habilidade devido aos anos e aos acidentes, liderou uma esquadrilha cuja função era fazer reconhecimentos aéreos. Em 1940, foi atacado por tiros de tanques alemães em invasão à cidade de Arras; a bravura e a destreza com que conseguiu escapar dos ataques e salvar toda a tripulação lhe renderam medalhas, honrarias e o mote para um novo livro: o propagandista *Pilote de guerre*.

Ainda em 1940, valendo-se de um armistício, retornou a Nova York. Resolveu fazer guerra no campo ideológico: aproveitando a própria fama, fez várias campanhas tentando convencer outros países, principalmente os Estados Unidos, a apoiar a França na guerra. Em fevereiro de 1942, lançou *Pilote de guerre*, livro que acendeu entre os estadunidenses sua imagem de escritor.

Em conversa com um editor em Nova York (que insistia em chamá-lo de Mister Exupéry), Antoine mostrou alguns rascunhos, e entre eles surgiu o desenho de um garoto. Questionado sobre quem seria o personagem, Mister Saint-Exupéry (que gostava de ser chamado assim) contou sobre o jovem aventureiro que vivia em um asteroide, tinha paixão por uma rosa e arrancava baobás quase diariamente. A conversa seguiu com naturalidade, e Antoine apontava outros aspectos da vida do personagem e de suas viagens. Em fevereiro de 1943, publicou *The Little Prince*, sua obra-prima; a versão francesa, *Le Petit Prince*, foi lançada só em 1945.

Suas campanhas em prol da França não estavam trazendo o resultado desejado. Assim, Mister Saint-Exupéry alistou-se novamente, sendo dispensado: aviões novos não eram para velhos pilotos. Insistente e com contatos, conseguiu alistar-se na Tunísia, em missão de reconhecimento aéreo e produção de mapas. No dia 31 de julho de 1944, Antoine foi dado como desaparecido; em 1950, foi declarado morto em atividade. Embora seu avião e muitos de seus pertences tenham sido recuperados (principalmente depois de 1990), o corpo do aviador nunca foi encontrado.

JONAS TENFEN[2]
junho de 2016

---

2 Tradutor e professor de literatura e gramática de língua portuguesa. Nascido em Ituporanga (SC), atualmente vive em Pelotas (RS), onde desenvolve pesquisas sobre a literatura de João Simões Lopes Neto e sobre a história da Aéropostale no Brasil.

PREFÁCIO

DURANTE A MAIOR PARTE de sua vida, de 1910 a 1944, Antoine de Saint-Exupéry correspondeu-se com sua mãe, Marie de Saint-Exupéry (1875-1972), e com suas irmãs.

Casada com Jean-Marc de Saint-Exupéry, Marie viveu em Lyon com seus cinco filhos, Marie-Madeleine (1897), Simone (1898), Antoine (1900), François (1902) e Gabrielle (1903). Durante o verão de 1904, ficou viúva e nunca mais se casou. Passou a morar em diferentes lugares com os filhos, em casas de parentes.

No período da Primeira Guerra Mundial, era enfermeira-chefe do hospital que se instalou, junto com a Cruz Vermelha, na estação de trem de Ambérieu. Herdou de sua tia o castelo de Saint-Maurice, onde fixou residência. Costumava pintar nas horas livres e ajudar os doentes em instituições. Depois do desaparecimento de Antoine, dedicou-se a publicar as obras do filho.

São aproximadamente 190 cartas escritas, grande parte delas publicada em 1955 pela editora Gallimard, com o título *Lettres à sa mère*. Essa correspondência mostra todo o afeto de Antoine pela mãe, sua maior confidente e protetora, durante uma vida com tantas provações.

São documentos literários que permitem compreender um pouco de toda a época conturbada pelas guerras, mostram o escritor em seu processo de escrita, suas experiências como piloto, seus gostos literários, os lugares onde viveu.

Também são escritos que, mesmo não sendo planejados como seus livros, contêm a riqueza de reflexões pessoais e sentimentos, como sua preocupação com o destino dos homens e questões sobre o sentido da vida, mesclados aos relatos pessoais.

Antoine raramente colocava datas em suas cartas, mas seu conteúdo permitiu a classificação delas. Na primeira carta, de 1910, aos dez anos, ele conta sua vida no colégio com o irmão François; a última foi escrita em julho de 1944, alguns dias antes de seu desaparecimento.

Ao longo das 110 cartas transcritas neste volume, acompanhamos a história de um garotinho longe de sua mãe, semi-interno no colégio Sainte-Croix, no Mans, com suas aulas de matemática, seus amigos da escola, os dias de férias no castelo de Saint-Maurice e sua arca, onde guardava tudo desde os sete anos: cartas, fotos, lembranças. Depois, a partir de 1921, em Estrasburgo, o relato de um jovem com o desejo de se tornar piloto e escritor. Escreve sobre os primeiros voos e sua preparação para o brevê de piloto, sempre agradecendo o auxílio financeiro da mãe para seus estudos. Narrou sua vida como piloto no deserto, quando se arriscou pelos companheiros prisioneiros dos mouros, que o chamavam por um belo nome, "o comandante dos pássaros". O início da vida de escritor é descrito na carta do Natal de 1927, quando preparava o livro *Courrier sud*, publicado em 1929.

Antoine complementava suas cartas com desenhos, paisagens, caricaturas e personagens conhecidos ou inventados. É por meio deles, também, que o imaginamos cuidando da raposa feneco no deserto do Saara, gesto que mostra sua sensibilidade. A ligação entre desenho e narração aparece de forma mais evidente com a publicação de *Le Petit Prince*, em que une a narrativa a essa paixão de infância.

Os trechos de poemas e de livros citados foram mantidos em francês, com tradução em notas de rodapé. Estimo que as notas devam ampliar a compreensão de alguns acontecimentos mencionados nas cartas, explanados com base na biografia escrita por Luc Estang, *Saint-Exupéry écrivain de toujours* (1956), e na página oficial do autor.[1]

Retraduzir uma obra, segundo Berman Antoine,[2] é potencializar o original, fazer girar a obra, revelar dela outra vertente, uma regeneração

---

1 Disponível em: <www.antoinedesaintexupery.com>. Acesso em: agosto de 2016.
2 *A prova do estrangeiro*. Tradução de Maria Emília Pereira Chanut. São Paulo: Edusc, 2002, pp. 16-17.

no plano cultural e social. A tradução vai além da passagem de uma língua a outra, ela é principalmente transferência cultural, conforme o autor menciona, a visada da tradução é abrir no nível da escrita certa relação com o outro, ela é relação, ou não é nada.

Traduzir o gênero epistolar requer, além dessa troca com o outro, o estrangeiro, sua língua e cultura, o conhecimento da vida do outro, das sutilezas de sua maneira de escrever.

Àqueles que iniciam a leitura destas cartas, fica a descoberta de tantos sentimentos expressados de maneira tão singular e pessoal: "É preciso me buscar tal como sou no que escrevo, que é o resultado escrupuloso e refletido do que penso e vejo. [...] Há poucas pessoas que podem dizer que tiveram uma confidência verdadeira minha e me conhecem o mínimo que seja".

NARCELI PIUCCO[3]

junho de 2016

---

3 Professora de língua francesa, graduada em letras, habilitação francês, com mestrado e doutorado em estudos da tradução pela Universidade Federal de Santa Catarina.

CARTAS
À MÃE

PRÓLOGO[1]

O QUE FOI ESCRITO *sobre Antoine de Saint-Exupéry:*

"Sabemos que ele não conheceu a paz. Só pensava em distribuir o essencial, menos aos sedentários, aos satisfeitos, do que aos impacientes, aqueles que ardem, seja qual for o fogo que os consome."[2]

É a eles que se dirige a mensagem de Antoine, porque ele encontrou as mesmas alegrias, as mesmas dificuldades, as mesmas esperanças, talvez os mesmos desesperos.

Suas cartas e seus livros são testemunhos dessas alegrias e dessas lutas:

– Alegrias de uma infância feliz, alegria de uma profissão magnífica, amizades sólidas e magníficas dos pioneiros do ar: amizade de um Mermoz, de um Guillaumet.

– Luta pela vida material em Paris, quando era contador em uma olaria.

– Em Montluçon, quando representava os caminhões Saurer.

– Luta contra as areias e os elementos da natureza, quando era responsável pela linha Toulouse-Dakar. No deserto da Líbia, durante o raide de Paris-Saigon.

– Luta contra a solidão no isolamento de Cabo Juby.

– Luta contra a injustiça em Marignane.

– Luta contra o desencorajamento, quando, desembarcado em Argel, pronto para morrer por seu país, viu-se impedido, segundo sua expressão, de "participar".

– Enfim, luta suprema em Borgo, luta com a morte.

Desse constante combate que, desde sua infância mimada, o levou duramente até Deus, suas cartas são o testemunho.

---

1 Escrito pela mãe de Antoine, Marie de Saint-Exupéry, para *Lettres à sa mère*.
2 Pierre Macaigne, jornalista.

TESTEMUNHO DAS ALEGRIAS E LEMBRANÇAS DA INFÂNCIA

Deitado sozinho, à noite, no deserto, ele volta em espírito para sua casa:

Bastava que ela existisse para preencher minha noite com sua presença.

Eu não era mais este corpo perdido no areal, eu me orientava, era o menino daquela casa, cheio da lembrança dos seus odores, cheio do frescor dos seus vestíbulos, cheio das vozes que a tinham animado; e até do canto das rãs nos brejos, que vinham se juntar a mim. Não, não me movia mais entre a areia e as estrelas, não recebia mais do deserto uma mensagem fria, e mesmo daquele gosto de eternidade que pensara obter dele descobria agora a origem: eu revia minha casa.

Não sei o que se passa em mim – este peso me liga ao chão quando tantas estrelas são imantadas, um outro peso me devolve a mim mesmo: sinto meu próprio peso que me puxa para tantas coisas, meus sonhos são mais reais do que estas dunas, do que esta lua, do que estas presenças...

Ah! o maravilhoso numa casa não é que ela nos abrigue ou nos aqueça, nem possuir suas paredes, mas antes que ela tenha depositado em nós, lentamente, essas provisões de ternura; que tenha formado, no fundo do coração, esse maciço obscuro de onde brotam, como águas de fontes, os sonhos.[3]

A casa que para Antoine foi "provisão de ternura" era uma casa sem estilo preciso, mas acolhedora e espaçosa.

O parque, com o mistério das moitas de lilases, suas altas tílias, era o paraíso das crianças. Ali, Biche cativava as aves maiores, e Antoine, as rolinhas.

Mas todos se reuniam para "a cavalgada do cavaleiro Aklin", e as ruelas viam passar o "voo a vela": a bicicleta munida de um grande mastro, onde se colocava uma vela. Depois de uma corrida desenfreada, essa bicicleta se elevava aos ares. Mas sobre isso "as pessoas grandes" jamais souberam de nada...

Nos dias de chuva, ficávamos em casa.

O recurso era o sótão das "maravilhas". Biche tinha ali um quarto chinês, nele só se entrava descalço. François escutava "a música das moscas".

E mamãe contava histórias. As histórias se tornavam quadros vivos: um

---

3 *Terre des hommes.*

*terrível Barba-Azul dizia à sua mulher: "Senhora, é nesta arca que encerro os meus
pores do sol apagados."*

Será que foi lá que o Pequeno Príncipe os achou?

*As crianças tinham um quarto no segundo andar. As janelas eram gradeadas
para impedir excursões sobre o telhado.*

Esse quarto era aquecido por uma estufa de faiança.

Antoine escreverá:

A coisa mais "boa", mais tranquila, mais amiga que já conheci foi a pequena estufa do quarto de cima em Saint-Maurice. Nunca nada me tranquilizou tanto sobre a existência. Quando acordava à noite, ela roncava como
um pião e na parede fabricava boas sombras. Não sei por quê, pensava que
era como um poodle fiel. Essa estufa nos protegia de tudo.

Algumas vezes, você subia, abria a porta e nos encontrava bem envolvidos em um bom calor. Você a ouvia roncar a todo o vapor e descer
novamente...

Minha mãe, você se curvava sobre nós, sobre a partida dos anjos e, para
que fosse tranquila a viagem, para que nada agitasse nossos sonhos, você
apagava do lençol aquela dobra, aquela sombra, aquela onda, porque se
acalma um leito como o dedo divino, o mar.

*Cedo demais chegou o tempo em que as mães não desfazem mais as dobras
e não acalmam mais as ondas.*

Os anos de colégio e de liceu trazem ainda o encantamento das férias.

O serviço militar exila ainda mais Antoine.

*Entre esse serviço militar e a entrada na Aéropostale, ele é sucessivamente
prisioneiro de um escritório, representante de caminhões na Saurer, onde faz
primeiro um estágio como operário de fábrica.*

LUTA CONTRA AS DIFICULDADES MATERIAIS
(Paris, 1924-1925)

Ele escreve a sua mãe:

Vivo tristemente num hotelzinho sombrio; não é lá muito divertido [...]

Meu quarto é tão triste e não tenho coragem de separar meus colarinhos e meus sapatos.

E mais tarde:

Mesmo cansado, trabalho como um deus. Minhas ideias sobre caminhão em geral, que eram bastante vagas, tornaram-se precisas e claras. Penso ser logo capaz de desmontar um sozinho.

Mas o que se torna preciso e claro em Antoine é, sobretudo, o gosto pela profissão, a consciência da profissão; ele se tornará exigente consigo mesmo:

Faço toda noite o balanço do meu dia: se ele foi estéril como educação pessoal, sou impiedoso com os que me fizeram perdê-lo [...] A vida de todo dia é tão pouco importante e tão repetitiva; a vida interior é difícil de descrever, há certo pudor, é tão pretensioso falar dela. Você não pode imaginar a que ponto é a única coisa que conta para mim, isso muda todos os valores, mesmo nos meus julgamentos sobre os outros [...] Sou exigente comigo mesmo, e tenho o direito de renegar nos outros o que renego ou corrijo em mim.

LUTA CONTRA AS AREIAS
(Toulouse-Dakar, 1926)

Eis a linha que fará de Antoine um comandante e um escritor.
Em outubro de 1926, entra para a Latécoère. É designado para a linha Toulouse-Dakar; após a primeira escala, escreve de Toulouse: "Mamãezinha, tenha certeza também de que tenho uma vida maravilhosa".
E em Terre des hommes*:*

Não se trata somente de aviação. O avião não é um fim, é um meio. Não é pelo avião que arriscamos a vida, como também não é pelo seu arado que o camponês lavra. Com o avião abandonamos as cidades e seus contadores e reencontramos uma verdade camponesa; nele fazemos um trabalho de homem e nele conhecemos as preocupações de homem. Estamos em contato com o vento, as estrelas, a noite, a areia do mar, lutamos com as forças da natureza, aguardamos a escala como uma terra prometida e procuramos a verdade nas estrelas.

Sou feliz em minha profissão, sinto-me camponês das estrelas. Entretanto, eu o respirei, o vento do mar. Aqueles que provaram esse alimento uma vez não conseguem mais esquecer.

Não se trata de viver perigosamente, esta fórmula é pretensiosa, não é o perigo que eu amo, é a vida.

Preciso viver; nas cidades, não há mais vida humana.

LUTA CONTRA A SOLIDÃO
(Cabo Juby, 1927-1928)

Em 1927, Antoine é nomeado comandante de campo de pouso, em Cabo Juby.

Mamãezinha, que vida de monge estou levando! No canto mais perdido de toda a África, em pleno Saara espanhol. Um forte na praia, nosso barracão encostado nele e mais nada por centenas e centenas de quilômetros [...]

O mar, na hora das marés, nos banha completamente, e à noite, se me debruço sobre a claraboia – somos dissidentes –, tenho o mar sob mim, tão próximo como num barco. E ele bate a noite inteira em minha parede.

A outra fachada dá para o deserto.

É um despojamento total. Uma cama feita com uma tábua e um colchão de palha fino, uma bacia, um jarro d'água. Ia esquecendo os bibelôs: a máquina de escrever e os papéis do campo de pouso. Um quarto de mosteiro.

Os aviões passam a cada oito dias. Entre eles, são três dias de silêncio. E quando meus aviões partem, é como se fossem meus filhotes. Fico inquieto até que a TSF me tenha comunicado a passagem deles pela escala seguinte – a mil quilômetros. Estou sempre pronto para partir em busca dos perdidos.

"LINHA" BUENOS AIRES
(1929-1931)

E eis que começa a grande aventura. Ela conduz Antoine por sobre os Andes, até a Patagônia. Ele é nomeado diretor da Aeroposta Argentina. Escreve:

Acho que você deve estar contente, eu estou um pouco triste. Até gostava da minha vida antiga.

Parece que isso me faz ficar velho.

Aliás, eu ainda pilotarei, mas para inspeções ou reconhecimentos de linhas novas.

Da sua experiência como piloto na África e na América do Sul, nascem: Courrier sud, Vol de nuit, Terre des hommes.

Antoine se casa. Conheceu em Buenos Aires Consuelo Suncin, viúva do escritor argentino Gómez Carrillo. Ser exótico e maravilhoso, sua extrema fantasia e sua recusa em admitir qualquer partilha, mesmo aquela que exige um trabalho intelectual, tornarão a vida em comum difícil. Contudo, Antoine amou-a e cercou-a de sua solicitude até o fim. O Pequeno Príncipe e as cartas da África são a emocionante prova disso.

O que torna também a vida difícil é a dissolução da Aéropostale, em março de 1931.

LUTA CONTRA A INJUSTIÇA
(Marignane, 1932)

Por ter apoiado seus amigos da Companhia Aéropostale, Antoine é tratado sem amenidade pela Air-France, que recuperou a firma em liquidação.

Novamente, sem situação, acuado pelas dificuldades, ele é obrigado a prestar serviço como simples piloto.

Ele, que os mouros haviam apelidado de "o senhor das areias", ele, que havia ligado a um mundo civilizado regiões quase ignoradas, vê-se designado para a linha de hidroaviões Marselha-Argel com base em Marignane.

A luta contra as forças da natureza é dura, escapa por pouco das tempestades, mas essa luta o exalta.

A verdadeira prova é incompreensão de alguns dos seus colegas: ele lhes ergueu, por meio dos seus livros, um monumento imperecível, e é em nome desses livros que o tratam como um amador, ou como um suspeito.

Sua carta a Guillaumet é a expressão da sua amargura:

Guillaumet, parece que você vai chegar, e estou com o coração batendo forte. Se soubesse que vida terrível levei depois da sua partida, e que imenso desgosto com a vida aprendi pouco a pouco a sentir! Porque escrevera esse livro infeliz, fui condenado à miséria e à inimizade dos meus companheiros.

Mermoz lhe dirá que reputação aqueles que não me viram mais e que eu tanto amava pouco a pouco fizeram para mim. Vão lhe dizer o quanto sou pretensioso. E não há um, de Toulouse a Dakar, que duvide disso. Uma das minhas mais sérias preocupações foram também minhas dívidas, pois nem sempre pude pagar meu gás e vivo com minhas roupas velhas de três anos atrás.

Contudo, talvez você chegue no momento em que o vento muda. E talvez eu vá conseguir libertar-me do meu remorso. Minhas desilusões repetidas, esta injustiça lendária, impediram-me de escrever-lhe. Talvez você também achasse que eu tinha mudado. E eu não podia me decidir a me justificar diante do único homem que considero como um irmão...

Até Étienne, que nunca mais tinha visto desde a América do Sul, mesmo sem ter mais me visto, comentou aqui, com amigos meus, que eu me tornara posudo.

Então, toda a minha vida está arruinada se os meus melhores companheiros fizeram essa imagem de mim, e tornou-se um escândalo o fato de eu pilotar nas linhas após o crime que cometi escrevendo *Vol de nuit*. Você sabe, logo eu, que não gostava de histórias.

Não vá para o hotel. Instale-se em meu apartamento, ele é seu. Vou trabalhar no campo, dentro de quatro ou cinco dias. Pode ficar como se estivesse em casa e terá o telefone, o que é muito cômodo. Mas talvez você recuse. E talvez seja preciso reconhecer que perdi até a melhor das minhas amizades.

Saint-Exupéry

LUTA CONTRA A SEDE
(Deserto da Líbia, 1935-1936)

Durante um raide Paris-Saigon, Antoine fica face a face com a morte, seu avião cai no deserto da Líbia. Passam-se longos dias sem notícias dele. Recolhe de manhã o orvalho sobre as asas oleosas do seu avião, para enganar a sede. Agoniza. E, no entanto, ainda escreve:

Meditação na noite. Acreditam que é por minha causa que choro? Cada vez que revejo os olhos que esperam, sinto um ardor. Tenho um desejo brusco de levantar-me, correr, sempre em frente. Lá existe alguém gritando por socorro, um naufrágio... Ah! por mim posso adormecer, por uma noite ou por séculos; se durmo, não sei a diferença, e depois, que paz; mas os gritos que vão dar, essas chamas de desespero, disso não suporto a imagem.

Não posso cruzar os braços diante desses naufrágios, cada minuto de silêncio assassina um pouco aqueles que amo.

Adeus!, vocês que eu amava, fora o sofrimento não me arrependo de nada, no fim das contas tive a melhor parte, se voltasse, recomeçaria, preciso viver. Nas cidades, não há mais vida humana.[4]

Após ter caminhado três dias no deserto, Antoine é recolhido por árabes, enquanto se acreditava que ele havia caído no mar, no golfo Pérsico. Uma noite, pálido, vestido em farrapos, orgulhoso de ter caminhado contra a morte, ele surge diante do Grande Hotel do Cairo, e é acolhido de braços abertos pelos colegas ingleses da RAF.

De volta à civilização, escreve a sua mãe:

Chorei quando li seu bilhetinho tão repleto de sentido, porque eu chamei por você no deserto.

Estava cheio de raiva contra a partida de todos os homens, contra aquele silêncio, e chamava minha mãezinha.

É terrível deixar para trás alguém que precisa de você como Consuelo. Sente-se uma imensa necessidade de voltar para proteger e abrigar, e arrancam-se as unhas na luta contra essa areia que o impede de cumprir seu dever, e somos capazes de mover montanhas. Mas era de você que eu precisava para me proteger e me abrigar, e eu a chamava com um grande egoísmo de cabrito.

Foi em parte para Consuelo que voltei, mas é por você, mamãe, que se volta. Você, tão frágil, você sabia que era a esse ponto anjo da guarda, e forte e sábia e tão cheia de bênçãos, que a invocamos, sozinhos, na noite?

---

4 *Terre des hommes.*

LUTA CONTRA OS HOMENS
(Guerra, 1939)

A guerra é declarada. Apesar de todos os argumentos daqueles que queriam colocá-lo a salvo, Antoine escreve a um amigo influente:

Querem fazer de mim, aqui, um monitor, não somente de navegação, mas de pilotagem de pesados bombardeiros. Então me sinto sufocado, estou infeliz e só posso calar-me. Salve-me. Faça-me partir numa esquadrilha de caça. Você sabe muito bem que não tenho gosto pela guerra, mas para mim é impossível ficar na retaguarda e não assumir minha parte de riscos...

É grande degradação intelectual pretender que se deve proteger aqueles que "têm valor"! É participando que se desempenha um papel eficaz. "Os que têm valor", se eles são o sal da terra, devem então misturar-se à terra. Não se pode dizer "nós" se estamos separados. Nesse caso, quando se diz "nós" se é um canalha!

Tudo o que amo está ameaçado. Na Provença, quando uma floresta queima, todos os que não são canalhas pegam uma pá e uma enxada. Quero fazer a guerra por amor e por religião interior. Não posso deixar de participar. Faça-me partir o mais rápido possível numa esquadrilha de caça.

É designado para a esquadrilha 2/33; dos 22 tripulantes, 17 são sacrificados nesta guerra estranha.
Da fazenda de Orconte, escreve a sua mãe:

Escrevo-lhe sobre meus joelhos, à espera de um bombardeio anunciado que não vem [...] mas é por vocês que eu temo. Essa perpétua ameaça italiana me preocupa, porque ela os coloca em perigo. Tenho sofrido tanto. Preciso infinitamente do seu carinho, mamãe querida, minha mãezinha. Por que é preciso que tudo o que amo sobre a terra seja ameaçado?

O que me assusta, mais do que a guerra, é o mundo de amanhã. Todas as cidadezinhas destruídas, todas essas famílias dispersas. A morte me é indiferente, mas não gostaria que tocassem na comunidade espiritual.

Não tenho nada de mais a contar sobre minha vida: não há grande coisa a dizer: missões perigosas, refeição e sono; estou terrivelmente insatisfeito, preciso de outros exercícios para o coração. O perigo aceito e sofrido não é suficiente para aplacar em mim uma espécie de consciência pesada.

É a alma hoje que está completamente deserta, morre-se de sede.

LUTA CONTRA OS HOMENS (CONTINUAÇÃO)
(Nova York, 1941)

Após o armistício, Antoine, desolado, infeliz, parte para a América. Escreve:[5]

Porque sou um deles, não renegarei jamais os meus, o que quer que façam. Não pregarei contra eles diante de outros. Se for possível tomar sua defesa, eu os defenderei. Se eles me cobrem de vergonha, guardarei essa vergonha no coração e me calarei. Pense o que pensar deles, nunca serei testemunha contra...

Assim, não vou deixar de mostrar solidariedade por uma derrota que me humilhará repetidas vezes. Sou da França. A França produziu Renoir, Pascal, Pasteur, Guillaumet, Hochedé. Produziu também incapazes, politiqueiros e trapaceiros. Mas me parece fácil demais invocar uns e negar qualquer parentesco com os outros.

Se aceito ser humilhado pela minha família, serei capaz de atuar sobre minha família. Ela é parte de mim como sou parte dela.

Mas se eu rejeitar a humilhação, minha família se desmantelará de qualquer jeito, e eu irei sozinho, cheio de glória, porém mais inútil que um morto.

Seu livro Pilote de guerre *reabilitará a França aos olhos dos americanos. Seus artigos os encorajarão a participar da guerra. Ele escreve:*

Os responsáveis pela derrota foram vocês. Éramos 40 milhões de agricultores contra 80 milhões de industriais. Um homem contra dois, uma máquina-ferramenta contra cinco. Mesmo se Daladier reduzisse o povo francês à escravidão, não teria podido tirar de cada homem 100 horas de trabalho cotidiano. Só tem 24 horas um dia. Qualquer que fosse a gestão

---

5 Em *Pilote de guerre.*

da França, a corrida aos armamentos teria sido selada com um homem contra dois, um canhão contra cinco. Aceitávamos nos medir um contra dois, queríamos morrer. Mas para que nossa morte fosse eficaz, teria sido preciso receber de vocês os quatro canhões, os quatro aviões que nos faltavam. Vocês pretendiam ser salvos por nós da ameaça nazista, mas construíam exclusivamente Packards e geladeiras para seus fins de semana. É essa a única causa da nossa derrota. Mas a derrota terá, apesar de tudo, salvado o mundo. Nosso massacre aceito terá sido o ponto de partida da resistência ao nazismo. A árvore da resistência sairá um dia do nosso sacrifício, como de uma semente!

LUTA CONTRA O DESENCORAJAMENTO
(Argel, 1943)

Desembarcado na África com os americanos, Antoine lança um apelo que é transmitido pelo rádio:

Franceses, reconciliemo-nos para servir, [...] não discutam por questões de poder ou de prioridade, há fuzis para todo mundo. Nosso verdadeiro chefe é a França, hoje condenada ao silêncio. Odiemos os partidos, os clãs, as divisões de qualquer espécie.

Cansado das polêmicas, multiplica suas tentativas a fim de conseguir juntar-se ao grupo 2/33. Mas as formalidades são longas. Está triste e solitário, como demonstra esta oração:

Senhor, dai-me a paz dos estábulos, das coisas ordenadas, das colheitas feitas.

Deixai-me ser, tendo acabado de tornar, estou cansado dos lutos do meu coração, estou velho demais para refazer meus galhos, perdi, um após outro, meus amigos e meus inimigos, e se fez no meu caminho uma luz de tristes ócios.

Afastei-me, voltei, olhei os homens em volta do bezerro de ouro, não interessados, mas estúpidos, e as crianças que nascem hoje me são mais estranhas do que jovens bárbaros. Estou carregado de tesouros inúteis, tal qual uma música que nunca mais será compreendida. Comecei minha obra com o machado do lenhador na floresta, e o cântico das árvores me embriagava, mas agora que de bastante perto vi os homens, estou cansado.

Manifestai-vos a mim, Senhor, porque tudo se torna difícil quando se perde o gosto de Deus.

Em que se reencontrar: casa, hábitos, crenças, é o que há hoje de mais difícil, e isso torna tudo tão amargo.

Tento trabalhar, mas o coração está difícil; esta África atroz nos estraga o coração por dentro, é um túmulo; seria tão simples voar em missão de guerra num Lightning.[6]

LUTA SUPREMA
(Borgo, 1944)

Mas em 4 de junho de 1943 Antoine desembarca na pista de La Marsa, na Tunísia, com um sorriso de vitória.

Ele conquistou sua paz, uma certa paz de espírito, embora sua lucidez sobre os problemas do momento não deixe muita esperança sobre o futuro.

Escreve:

Não me importo nem um pouco de ser morto na guerra. Do que amei, o que restará? Tanto quanto dos seres, falo dos hábitos, das insubstituíveis entonações, de uma certa luz espiritual, do almoço na fazenda provençal sob as oliveiras, mas também de Haendel.[7]

Os pilotos da esquadrilha são amontoados três em cada quarto, tal é o quadro da vida de Antoine. Dos seus pensamentos melancólicos, os companheiros nunca souberam nada, ele quer preservar sua paz.

Mas escreve a um amigo:

Faço a guerra o mais profundamente possível, sou o decano dos pilotos do mundo, pago bem, não me sinto avarento.

---

6 Avião militar.
7 Trecho de uma carta enviada a um amigo.

Aqui, estamos longe do banho de ódio, mas, apesar da gentileza da minha esquadrilha, é uma miséria mesmo assim.

Não tenho com quem falar, já é alguma coisa para conviver, mas que solidão espiritual![8]

No dia 31 de julho de 1944, ele aparece no refeitório equipado para o voo.

"Por que vocês não quiseram me acordar? Era a minha vez."

Bebe o café quente e sai. Ouve-se o ronco da decolagem.

Ele partiu para um voo de reconhecimento do Mediterrâneo e sobre Vercors. O radar o segue até a costa da França, e depois tudo é silêncio.

O silêncio se instala e então vem a espera.

O radar tenta captar uma nota que seria um sinal de vida. Se o avião e suas luzes de bordo subirem até as estrelas, talvez se possa ouvir cantarem as estrelas.

Os segundos escoam, escoam como sangue. Será que o voo ainda continua?

Cada segundo leva uma chance, e o tempo passa e a destrói; assim como em 20 séculos ele toca um templo, faz seu caminho no granito e reduz esse templo à poeira, também séculos de usura se amontoam em cada segundo e ameaçam o avião.

Cada segundo leva alguma coisa, essa voz de Antoine, esse riso de Antoine, esse sorriso... o silêncio ganha terreno, um silêncio cada vez mais pesado, que se estabelece como o peso de um mar.[9]

Antoine foi uma criança maravilhosa e feliz.

As dificuldades da vida fizeram dele um homem consciente; a linha, um herói e um escritor.

O exílio talvez tenha feito dele um santo.

Contudo, mais que o herói, mais que o escritor, mais que o encantador, mais que o santo, o que torna Antoine tão próximo de nós é sua infinita ternura.

"Ao longo do caminho, a estrela é interminável. É preciso dar, dar, dar."

Quando pequeno, faz um desvio para não esmagar uma lagarta.

Sobe no alto dos pinheiros para cativar as rolinhas.

No deserto, cativa as gazelas.

Cativa os mouros.

E ainda agora, após anos de silêncio, ele continua a cativar os homens.

---

8 Ibidem.
9 Adaptação de *Vol de nuit*.

"Que quer dizer 'cativar'?", pergunta o Pequeno Príncipe. E a raposa responde: "Significa criar laços...".

Na última carta que temos de Antoine, há esta frase:

"Se voltar, minha preocupação será: que direi aos homens?"

Foi essa frase que me fez decidir partilhar sua mensagem.

MARIE DE SAINT-EXUPÉRY

CARTAS

1 [LE MANS, 11 DE JUNHO DE 1910]

Minha querida mamãe,

Tenho uma caneta-tinteiro. Estou escrevendo com ela. Funciona muito bem. Amanhã é meu aniversário. O tio Emmanuël[1] disse que me daria um relógio de aniversário. Então será que você pode dizer para ele que amanhã é meu aniversário? Tem uma peregrinação na quinta a Notre Dame du Chêne; vou com o colégio.[2] Faz um tempo muito ruim. Chove o tempo todo. Eu fiz um altar bem bonito com todos os presentes que me deram.

Adeus,

Mamãe querida, eu queria muito ver você de novo.

Antoine

É meu aniversário amanhã.

---

1 Emmanuël Fonscolombe, irmão de Marie Boyer de Fonscolombe, Mme. de Saint-Exupéry, proprietário do castelo de La Môle.

2 Antoine, aos dez anos, era semi-interno no colégio Notre-Dame de Sainte-Croix, no Mans (cidade situada no departamento de Sarthe, na região de Pays de la Loire). Sua mãe estava passando uma temporada em Saint-Maurice-de-Rémens (comuna situada no departamento de Ain, na região de Rhone-Alpes). O castelo de Saint-Maurice-de-Rémens era propriedade da família, onde ele passava as férias de verão, com seus irmãos e irmãs.

2 [LE MANS, 1910]

Minha querida mamãe,

Queria muito ver você de novo.

Tia Anaïs[3] está aqui por um mês.

Hoje eu fui com Pierrot na casa de um aluno de Ste.-Croix. Comemos um lanche e nos divertimos muito lá. Tomei a comunhão esta manhã no colégio. Vou contar o que fizemos na peregrinação: era preciso estar no colégio às 7h45. Fizemos uma fila para ir até a estação. Na estação pegamos o trem até Sablé. Em Sablé fomos de carruagem. Até Notre Dame du Chêne tinha mais de 52 pessoas por carruagem. Só tinha alunos, em cima e dentro; as carruagens eram longas, e cada uma era puxada por dois cavalos. Na carruagem nos divertimos muito. Eram cinco carruagens, duas para os coroinhas e três para os alunos do colégio. Quando chegamos a Notre Dame du Chêne, fomos à missa e almoçamos em Notre Dame du Chêne depois. Como os alunos da enfermaria da sétima, oitava, nona e da décima estavam indo de carruagem para Solesmes, e como eu não queria ir de carruagem, pedi permissão para ir a pé, com os alunos da primeira e da segunda divisões. Éramos mais de 200 em fila, nossa fila enchia uma rua inteira. Depois do almoço fomos visitar o santo sepulcro e fomos ao Magasin des Pères comprar coisas. Então a primeira e a segunda divisões e eu fomos a pé para Solesmes.

Quando chegamos a Solesmes continuamos o passeio e passamos perto da abadia; ela era imensa, só não pudemos visitar porque não tínhamos tempo. Na entrada da abadia achamos muitos mármores. Eram grandes e pequenos. Peguei seis e dei três, e tinha um com mais ou menos um metro e meio ou dois metros de comprimento, então me disseram para colocar no bolso. Só que eu nem conseguia movê-lo, ele era grande demais. Depois fomos comer um lanche sentados na grama em Solesmes.

Escrevi oito páginas para você.

Seguimos para a bênção e fizemos fila para a estação. Fomos até a

---

3 Anaïs de Saint-Exupéry era tia paterna de Antoine e dama de honra da duquesa de Vendôme.

estação e pegamos o trem para voltar a Mans, e chegamos em casa às oito horas. Fiquei em quinto na prova de catecismo.

Adeus, minha querida mamãe. Um beijo de todo o meu coração.

Antoine

3 FRIBURGO, VILLA SAINT-JEAN, 21 DE FEVEREIRO DE 1916[4]

Mamãe querida,

François acaba de receber a carta na qual você diz que só virá no início de março! Nós estávamos tão contentes em vê-la no sábado!

Por que você está demorando? Seria um prazer revê-la!

Você receberá nossa carta quinta-feira, talvez sexta, poderia nos telegrafar logo dizendo que vem, que pode sair sábado de manhã com o expresso e que chegará à noite em Friburgo, nós ficaríamos tão contentes!

Seria uma decepção se você viesse só no início de março! Por que prefere vir mais tarde?

Esperamos tanto que venha! Mesmo que não consiga vir, o que nos deixaria tão tristes, poderia nos telegrafar assim que tiver recebido nossa carta para que tenhamos sua resposta até sexta à noite e possamos dispor do nosso domingo? Mas com certeza você vai querer vir!

Até mais, mamãe querida, beijos de todo o meu coração, espero por você impacientemente.

Respeitosamente, seu filho,

Antoine

[P.S.] Envie-nos logo um telegrama assim que tiver recebido a carta, sem isso, perderemos nosso domingo, precisamos da resposta até pelo menos sexta à noite.

---

4 Mme. de Saint-Exupéry era enfermeira-chefe do hospital que se instalou, junto com a Cruz Vermelha, na estação de trem de Ambérieu. Em outubro de 1914, inscreveu Antoine e seu irmão no colégio de Montgré em Villefranche-sur-Saône. No trimestre seguinte, para proteger os filhos das ameaças da guerra, sua mãe os manda para a Suíça, no colégio dos maristas de Friburgo, até 1917.

4 FRIBURGO, VILLA SAINT-JEAN, SEXTA-FEIRA, 18 DE MAIO DE 1917

Minha querida mamãe,

Faz um tempo maravilhoso. Exceto que choveu ontem como poucas vezes já vi chover! Vi a sra. De Bonnevie, que me contou o que François tinha, pobre menino![5] Ela me disse que tudo estava certo para o *bac*.[6] O que me tranquilizou. Mas foi inútil você escrever para Paris para saber se meu dossiê partiria, eu já o tinha feito, era preciso simplesmente avisar Lyon da sua chegada, o que eu havia esquecido. Enfim, tudo está bem quando acaba bem...

Ontem fomos passear com Charlot. Éramos três e ele (o que dá 3+1=4).

Nós vamos ter o retiro de fim ano um pouco mais longe de Lucerne, na semana do Pentecostes.

Adeus mamãe querida, beijos de todo o meu coração.

Respeitosamente, seu filho,

Antoine

5 [PARIS, LICEU SAINT-LOUIS, 1917][7]

Minha querida mamãe,

Eu só tenho tempo de dizer uma palavra. Escreva-me todos os dias, isso me deixará tão feliz! Envie pela Monot[8] meu álbum [...] com todas as fotografias. Está no quarto de Monot, onde eu o esqueci. (Meu álbum, não o meu fichário.)

Nós viemos, porque ainda assim decidimos jogar no recreio, humilhar os *taupins* (Politécnicos),[9] nove a zero.

Surpreendentemente, aceitamos nos medir com eles para demonstrar-

---

5 O irmão de Antoine, François de Saint-Exupéry, faleceu em de 10 de julho, atingido por um reumatismo articular.

6 Abreviatura de *baccalauréat*, diploma de estudos secundários exigido para o acesso à universidade.

7 Depois de ter obtido o *baccalauréat*, Antoine foi para o Liceu Saint-Louis, em Paris, preparar-se para a admissão na Escola Naval.

8 Apelido de sua irmã Simone.

9 Aluno da Escola Politécnica.

-lhes nosso valor. Quanto a admitir em um dos campos os *"pistons"*[10] (Central), ninguém, nem nós, nem os *taupins*, os admitiu (era preciso alguns rapazes para tapar os buracos em um dos campos, menos numeroso), e rejeitamos essa ideia com horror, os *pistons* são odiados pelos *flottards*[11] (naturalmente) e pelos *taupins*; como estes são pelos *pistons* e *flottards* e os *flottards* pelos *taupins* e *pistons* etc... etc...

Tudo bem disputar contra os *taupins*, mas nem pensar ter um inimigo em seu campo.

Os mais covardes são os *Cyrards*[12] de quem nunca ouvimos falar. Os mais unidos nós, depois os *taupins* e os *pistons*, cada um do seu lado.

Eu encontrei aqui um rapaz de Saint-Jean, Berg, que veio me ver no parlatório hoje, foi engraçado reencontrá-lo.

Estou muito bem. Comunguei domingo.

O sr. Pagès nos fez um pequeno *spitch*[13] dizendo: "Aqueles que não têm estômago forte para digerir o pedacinho de matemática que o sr. Corot e eu vamos lhes servir fazem bem de desistir agora. Se vocês gostam de matemática, não vão fracassar! Eu juro". Trabalhamos de maneira intensa: eu *sigo* (no sentido de acompanhar) sempre e estou muito orgulhoso disso. Tudo vai ficar bem, não se preocupe.

Beijos carinhosos.

Seu filho que a ama,

Antoine

São os *pistons* os nossos inimigos mortais. Além disso, nós os desprezamos, sendo "engenheiro" uma carreira desprezível e *"antiflottard"* (para Monot).

P.S. Encomende trufas de chocolate, envie para mim coisas do tipo, em quantidade, vai fazer bem na paisagem do meu estômago.

(Não gosto dos rissoles da dona Bossue, inútil que essa pessoa ilustre se dedique: gosto da verdadeira *pâtisserie*, dos *macarons*, das trufas de chocolate (não pralinadas) e das balas.)

---

10 Alunos da Escola Central.
11 Alunos dos preparatórios da Escola Naval.
12 Alunos oficiais da Escola Militar de Saint-Cyr.
13 *Sic*. Refere-se à palavra inglesa *speech*, significando no contexto "sermão".

Você está bem informada.

Antoine propõe e a família dispõe.

Disponha rápido e abasteça-me com balas.

6 [PARIS, LICEU SAINT-LOUIS, 1917]

Mamãe que amo,

Estou muito contente. Sempre trabalhando duro, como um negro. Esta manhã prova. Escreva-me *todos* os dias, isso me alegra tanto e reaproxima tanto.

Eu vi o capelão. Ele conheceu papai no Sainte-Croix,[14] onde ele estudou na mesma turma. Faz um tempo muito bonito, além disso, agora temos aquecimento. Não me falta nada, senão selos, envie-me *duas* cartelas, por favor.

Vou despedir-me, mamãe que amo. Abraços apertados.

Respeitosamente, seu filho,

Antoine

7 [PARIS, LICEU SAINT-LOUIS, 1917]

Mamãe querida,

Encontro, enfim, alguns momentos para escrever-lhe. Acabo de fazer uma sabatina de matemática e tirei dez, nada mau para mim...

Os Sinety[15] estão em Paris. Eles me convidaram para o domingo, mas eu estou retido (retido é simplesmente não sair, fora isso temos o tempo livre). Como tenho terrivelmente que estudar, isso não me entedia muito.

O liceu Saint-Louis é muito agradável, mas 12 horas de retenção equivalem aqui a cinco minutos de prisão em outro lugar. Quando nos conformamos, não nos importamos mais.

---

14 O colégio jesuíta Notre-Dame de Sainte-Croix, onde seu pai, Jean-Marc de Saint-Exupéry, e seu tio Roger também estudaram.

15 A família Sinety era amiga dos Saint-Exupéry em Sarthe.

Estou sempre contente, encantado, com os anjos, e se eu tivesse você perto de mim, estaria no terceiro céu. Escreva-me com frequência, suas cartas são um pouco de você.

Nós decoramos nossa sala de estudo e nossa sala de aula com imensas gravuras de navios de guerra, e de barcos de todo tipo, e foi por termos sido pegos às escondidas na sala de estudos, sobre uma pilha de andaimes, quando estávamos colocando os percevejos, é que fomos punidos com as 12 horas (é proibido ir à sala de estudos, exceto nas horas de estudo). Vou lhe dizer minha impressão exata do ponto de vista moral.

1º Todas as histórias sobre a imoralidade dos dormitórios são arquifalsas: há um mês que estou aqui, e tudo é impecável, de todos os pontos de vista.

2º Do ponto de vista religioso, se há menos crentes que em um colégio religioso, há por outro lado, coisa estranha, muito mais respeito humano. Meu vizinho da sala de estudos lê às vezes as meditações em um livro de missa sem que seu outro colega, que não acredita em grande coisa, pense na ideia de rir disso, e eu posso ler, se me agrada, minha magnífica Bíblia do Sallès[16] sem que percebam. Aqueles que não têm convicções respeitam totalmente aquelas dos outros. Nunca se ouve "você acredita em todas essas piadas?!!", que se ouve nas outras escolas. Dizem simplesmente: "Você é católico? – sim e você? – não", e é tudo, nem uma risadinha daquele que diz não. Então, por isso é surpreendente. Poderia dizer que aqui aqueles que não acreditam respeitam aqueles que acreditam e os estimam.

3º Moral externa. É evidente que há aqueles que fazem farra na cidade, mas eles respeitam a moral dos outros e admiram aqueles que não as fazem.

Em resumo, se há menos "crentes" e talvez rapazes que só fazem farra no colégio religioso, todo mundo pensa simplesmente de forma mais séria que nos colégios onde aqueles que acreditam e são sérios o fazem muitas vezes por costume, por tradição de família, sei lá. Além disso, na minha sala a maioria é religiosa.

Estou começando a acompanhar bem a matemática. Vai dar tudo certo, espero.

---

16 Charles Sallès, companheiro de classe de Antoine na Villa Saint-Jean de Friburgo e um dos seus melhores amigos.

Agora passei a ser brigadeiro dos guardas (eles são uma dezena ou 15 sob minhas ordens), sou encarregado de dirigir e presidir os "trotes", mas ainda não teve nenhum sob minha jurisdição. O presidente diz: "É preciso passar um trote em fulano", e o Brigadeiro decide o dia, a hora, as circunstâncias desse trote, a maneira de encontrar a vítima etc. etc.

Os *taupins* são seres abjetos, não podemos brincar com gente desse tipo! Eles são zombadores, limitados, péssimos jogadores, brigões etc., uma companhia tão maçante e desagradável que não falaremos nunca mais com eles etc. etc., enfim: eles nos encheram.

Não vou apenas fazer o preparatório militar de infantaria, mas também de artilharia, o que é muito mais interessante. Temos aulas de artilharia técnica e aulas práticas no forte de Vincennes, onde atiramos com canhão sob a direção dos coronéis etc., vamos lá todas as semanas.

O monitor pediu sua demissão, grande acontecimento. Nós o colocamos como tesoureiro e este se tornou monitor no seu lugar.

Preciso me despedir, por isso mando um beijo de todo o meu coração para ir retomar minha matemática.

(Quero ir a La Môle[17] no Ano-Novo, se não der certo só a verei na Páscoa!)

Adeus mamãe que amo.

Um beijo de todo o meu coração,

Respeitosamente, seu filho.

VIVA A *FLOTTE*!!!

MORTE A *TAUPE*!!![18]

MORTE A *PISTON*!!!

É o que se lê nos nossos quadros (e que está escrito, mas inversamente, nas salas de estudos dos outros).

A propósito, temos um supervisor que prepara os *pistons* (Central) e deve ter 28 ou 30 anos. Assim *piston* é o mais injuriado nos nossos quadros. Lê-se, entre outros: "Problema de matemática para os *pistons*: equação de primeiro grau com três incógnitas" (o que é exatamente equivalente como

---

17 O castelo de La Môle, no Var, era a casa dos Boyer de Fonscolombe, família materna de Antoine.

18 Turma de matemática especial em que os alunos são chamados *taupins*.

dificuldade a "Jules tem três bolinhas de gude, dá uma para seu colega, quantas lhe sobraram?", ou a "quanto é duas vezes dois").

É meu último selo.

8 [PARIS, 25 DE NOVEMBRO DE 1917]

Minha querida mamãe,

Obrigado por sua carta.

Acabo de passar um dia agradável: almocei na casa do tio Maurício, depois fui encontrar tia Anaïs, que tinha acabado de chegar e com quem tinha marcado um encontro. Passamos a tarde juntos no bosque. Agora já estou de volta ao Saint-Louis, um pouco cansado, pois quase não peguei o metrô, preferi caminhar a pé. (Fiz uns 15 quilômetros.)

Marie-Thérèse[19] casa quinta-feira: espero poder ir neste dia. Recebi duas cartas muito gentis de Odette de Sinetty. Não sei quando eles chegarão, vai ser um prazer revê-la.

Como você está? Não se canse demais, mamãe querida. Saiba que se eu for aceito em agosto, como serei oficial em fevereiro, requerido ou para o posto de Chebourg, ou de Toulon, vou alugar uma casinha e vamos morar lá juntos. Vai ser a primeira vez na vida que estarei sozinho, e vou precisar da minha mamãe para me proteger um pouco, no início! Seremos muito felizes, você vai ver. Isso vai durar quatro ou cinco meses, antes da minha partida definitiva; então você ficará contente de ter ficado algum tempo com seu filho pertinho.

Faz uma neblina opaca, pior que em Lyon, jamais acreditaria nisso.

Poderia me enviar as seguintes coisas (as autorizações para compras não são permitidas nem aqui, nem em Friburgo):

1º Um chapéu-coco (ou de preferência envie à *sra. Jordan dinheiro para me comprar um*). Tem mais ainda: 1º pasta de dentes "Botot"; 2º cadarços de sapatos (comprados em Lyon e não em Ambérieu, pois arrebentam); 3º selos, ainda que eu tenha 12 (não tenho pressa); 4º boina de marinheiro.

---

19 Marie-Thérèse Jordan, filha do general Jordan, casou-se em 29 de novembro de 1917 com Jean Denis.

Mas como eu saio esta quinta, pela exclusiva e única vez, é o dia que tenho para aproveitar e comprar o chapéu-coco e a boina (*preciso do chapéu para sair domingo com Yvonne*). Escreva um bilhete hoje, segunda-feira, para a sra. Jordan, com o dinheiro, para que chegue antes de quinta e eu possa comprar nesse dia o chapéu-coco, urgente, e a boina, urgente também, para os preparatórios militares.

Não tenho mais muita coisa a dizer. Vão nos entregar amanhã a primeira prova de francês. Vou escrever para dizer-lhe minha colocação.

Adeus mamãe querida, beijos de todo o meu coração, escreva-me.

Seu filho que a ama,

Antoine

9 [PARIS, LICEU SAINT-LOUIS, 1917]

Minha querida mamãe,

Você tinha prometido me escrever todos os dias! E não recebo nada há muito tempo...

Hoje é quinta-feira; em três dias, domingo, vou almoçar na casa da sra. Menthon,[20] que me convidou: tinha ido visitá-la e, como não havia ninguém, deixei meu cartão, que sorte.

Faz um tempo triste e feio. As noites são agora lúgubres, Paris toda está pintada de azul.... Os trens têm uma luz azul, no liceu Saint-Louis as luzes dos corredores são azuis, enfim, um efeito estranho... e não acredito que isso deva perturbar muito os boches. Pode ser que sim. Agora, quando se olha Paris de uma janela alta, parece uma grande mancha de tinta, nenhum reflexo, nenhum halo, é maravilhoso como grau de não luminosidade! Uma multa para todas as pessoas que tiverem uma janela iluminada sobre a rua! Que tenham cortinas enormes!

Acabo de ler um pouco a Bíblia: que maravilha, que simplicidade poderosa de estilo e que poesia tão presente. Os mandamentos, que ocupam umas 25 páginas, são obras-primas de legislação e bom senso. Em tudo as leis da moral resplandecem em sua utilidade e beleza, é esplêndido.

Você já leu os *Provérbios* de Salomão? E o *Cântico dos cânticos*, que belo

---

20 Amiga de Mme. de Saint-Exupéry. Seus filhos eram muito amigos.

livro! Há de tudo nele, encontra-se até mesmo um pessimismo bem mais profundo e verdadeiro que aquele dos autores que usaram esse gênero como chique. Já leu o *Eclesiastes*?

Preciso me despedir. Estou bem física, moral e matematicamente falando.

Abraços apertados,

Seu filho que a ama,

Antoine

10 [PARIS, LICEU SAINT-LOUIS, 1917]

Mamãe querida,

Inauguro meu papel com esta carta...

Se vier, traga na mão, para que eu tenha logo, MEU ATLAS de que preciso, agradecerei de todo o meu coração.

Obrigado mil vezes por tudo o que faz por mim, não deve pensar, por causa dos meus momentos de mau humor, que sou um ingrato, sabe quanto a amo, mamãe querida.

Estou trabalhando duro na matemática... sempre. Vou estudar um pouco de alemão.

Até amanhã.

Beijos,

Respeitosamente, seu filho,

Antoine

11 [PARIS, LICEU SAINT-LOUIS, 1917]

Mamãe querida,

Acaba de ocorrer em nossa classe uma crise ministerial: o ministro pediu demissão. O governo se compõe:

A)   Do Zé (presidente) conhecido por Z;

B)   Do V-Z (vice-presidente);

C)   Do M (monitor);

D)   Do T ou tesoureiro.

Ora, depois de um voto de confiança, que o presidente (do ministério dito "*bural*"[21]) quis da classe para consolidar sua autoridade instável, em consequência de uma crise interna, aconteceu que este voto de confiança foi, ao contrário, um voto de desconfiança, e o governo se demitiu. Em uma sessão solene, ocorrida em uma sala vazia e que durou uma hora e meia, com debates prolongados e os mais sérios possíveis, concluímos formado o ministério seguinte:

Presidente ou Z: Dupuy,

VZ: Sourdelles;

M: De Saint-Exupéry.

Quanto ao T, não foi possível achar um, pois ele se demitiu logo no início por razões muito complicadas de intrigas e de contraintrigas (é exatamente como na Câmara), também, depois de uma jornada de negociações nos corredores, onde imperava uma animação extraordinária, organizamos o governo excluindo o papel de T do governo, tornando-o um cargo perpétuo e independente dos ministérios. Conseguimos aprovar nosso projeto e, depois de algumas tentativas de obstrução, votos de desconfiança que não deram certo, nosso governo está solidamente estabelecido. Antes, eu era Brigadeiro dos guardas, mas este não é um membro do governo, é um funcionário como vários outros. O SO, o calouro Torche, o DDO, quer dizer o "diretor de orquestra" encarregado da organização das badernas etc., e os funcionários são nomeados por nós, e são revogáveis. Mas agora eu sou do "*bural*" e vamos manter na *hypoflotte* uma disciplina de ferro, pois a classe deve obediência absoluta ao governo. O que mais me alegra é que vou tratar de pegar alguns arquivos da classe para mostrar-lhe. Vale a pena, geralmente são inacessíveis aos comuns dos mortais.

Nada de novo. Vou me encontrar com você em Ambérieu, mas em seguida iremos para o sul, né? Passei por uma sabatina de física em que tirei 14, não foi tão ruim.

Despeço-me porque não tenho nem mais um minuto, beijos de todo o meu coração.

Respeitosamente, seu filho,

Antoine

---

21 Escritório de uma associação de alunos em estabelecimentos como a escola francesa da marinha.

12 PARIS, LICEU SAINT-LOUIS, 1917

Mamãe querida,

Deu certo, almocei na casa da duquesa de Vendôme... irmã do rei dos belgas! Estou louco de alegria, eles são tão agradáveis. O monsenhor parece tão inteligente e é muito engraçado. Não cometi nenhuma gafe, e não me senti constrangido nenhuma vez. Tia Anaïs estava muito contente: se ela lhe escrever alguma coisa, pode me enviar a carta?

O que me agradou mais é que ela me disse (a duquesa de Vendôme) que me convidaria um domingo para ir à Comédie Française com ela. Que honra!

À noite, tia Anaïs me fez fazer P+Q visitas (tantas quanto os termos da "série harmônica", e são muitos!...). Tive um excelente almoço, um não menos excelente lanche e... é apreciável.

Para terminar bem o dia, fui visitar os S. Vi apenas o sr. e a sra., os outros não estavam. Convidaram-me para almoçar no domingo. Almoço com eles e à noite embarcarei para La Môle no expresso...

Envie-me um mandado telegráfico em meu nome para que eu consiga reservar minha passagem e meu lugar, tenho tão pouco tempo para fazê-lo.

Em Ambérieu vai chover, em La Môle vamos ter sol e Didi! E depois 13 dias, vale a pena.

Não sei se lhe disse que domingo passado visitei tio Dubern.[22] À tarde, os Jordan me levaram ao teatro para ver *Petite Reine,* peça que faz sucesso em Paris. Foi magnífico.

Despeço-me, mando-lhe beijos de todo o meu coração, como a amo, mamãe querida.

Respeitosamente, seu filho,

Antoine

N.B. Paris é em resumo uma cidade menos perniciosa que os buracos da província; nesse sentido, constato que alguns de meus colegas que faziam farra nos cabarés na sua cidade de província comportam-se mais aqui por

---

22 O conde Eugène Dubern, casado com Françoise de Fonscolombe, prima-irmã de Mme. de Saint-Exupéry.

causa dos perigos para a saúde que se tem ao fazer farra em Paris. Quanto a mim, estou muito bem, do ponto de vista moral, e acredito que continuarei sempre sendo o mesmo Tonio, que a ama tanto.

13 [PARIS, LICEU SAINT-LOUIS, 1917]

Mamãe querida,

Acabaram de dar as classificações da prova de matemática e eu constatei, com grande satisfação, que subi *cinco* lugares, desde a última prova. É claro que estou longe da primeira metade, mas, se continuar assim, espero chegar lá em breve! Não é possível exigir que eu recupere em três meses três anos de matemática, pois são quase três anos de atraso em relação aos outros, tendo estudado apenas letras.

O resultado desse trimestre é muito satisfatório para mim: não reprovei, e nas provas oito rapazes ficaram abaixo de mim, e eles já têm três anos de ciências a seu favor!

Imagine que fui convidado pela duquesa de Vendôme para ir amanhã com ela à Comédie Française. Ela me enviou a entrada: é numa frisa, e a frisa custa 40 francos, acredita! Vale a pena! E, além disso, que honra!...

Guillaume de Lestrange está em Paris e veio me ver esta manhã. Fui convidado a almoçar na casa deles amanhã, infelizmente não posso. Em compensação, almoço no domingo que vem com os Sinety, e isso me alegra o coração!

Não sei se lhe disse que domingo passado vi tia Alix,[23] que subiu para 25, de 100 metros, na minha escala de estima. Deve ter acontecido a mesma coisa com ela a meu respeito quando ela me viu com o chapéu-coco, um impermeável bem elegante e um comportamento irrepreensível. Foi com ela, tia Anaïs e uma senhora, não lembro quem (que foi no Marrocos e tem a Legião de Honra e de quem tia Anaïs gosta muito, sabe quem é?), e enfim outra senhora monarquista ardente e entusiasta com quem fomos lanchar em uma confeitaria bem abastecida onde meu estômago não perdeu tempo.

O novo *"bural"* do *hypoflotte*, cujo seu digno filho é um dos persona-

---

23 Alix de Saint-Exupéry, esposa de Louis Lecacheux.

gens mais proeminentes, apresentou-se hoje a *flotte* "A e B" reunida em sessão plenária. Fomos convocados por eles, é uma sessão bastante emocionante, pois são rapazes que não conhecemos.

Eles nos interrogaram, fizeram mostrar os documentos referentes à crise ministerial que tinha sofrido nossa classe etc. etc., depois de um pequeno *speetch* em que nomes retraçavam, com voz patética, as tradições *flottardes*. Informaram-nos que nos aceitavam como *bural* do *hypoflotte* (o *hypoflotte* sendo subordinado à *flotte*).

Sendo eu também chanceler, tenho em minha posse todos os arquivos da sala, e isso tem o seu interesse. Há documentos em que se descobre uma porção de pequenas intrigas, contraintrigas etc., vale a pena vê-los e vou lhe mostrar.

Para nos debater contra os atos suspeitos dos membros do antigo *bural*, fundei uma polícia secreta, da qual lhe mostrarei os dossiês...

Estou contente (é porque vou vê-la logo). O moral está bom e espero que continue sério, tão sério quanto o amor que sinto por você, mamãe querida, e é muito. Mando abraços apertados, esperando, que alegria, abraçá-la de verdade logo!

Respeitosamente, seu filho,

Antoine

Importante e urgente.

N.B. Para que eu possa partir, é preciso que, na folha de papel em branco que lhe mando para a carta, você escreva algumas linhas dizendo que eu vá a Ambérieu a fim de partirmos para o sul e envie junto com sua próxima carta, pois eu devo *dar* e *deixar a autorização de partida* com o vigilante-geral. Poderia fazer isso o mais breve possível?

14 [PARIS, LICEU SAINT-LOUIS, 1918]

Minha querida mamãe,

Já estou no Saint-Louis aonde cheguei com cinco horas de atraso. Estou bastante desanimado, mas isso passa, espero. Saio no domingo para ir à casa dos Sinetty. Vou fazer uma visita a tia Rose, mas não sei seu endereço. Poderia me enviar?

Você tem sorte de estar no sul, mas era impossível que eu fosse. Você também teve atraso?

Faz um tempo escuro e detestável, um frio do cão etc., estou com frieiras nos pés... e no espírito, pois estou sem energias para a matemática, quer dizer que estou farto dela; é bem divertido patinhar em discussões de paraboloides hiperbólicas e planar nos infinitos, passar horas quebrando a cabeça com números imaginários, porque eles não existem (os números reais são apenas casos particulares) e integrar as diferenciais de segunda ordem e... e... DROGA!

Essa enérgica exclamação me desprende um pouco e me devolve alguma lucidez. Falei com QQ', quer dizer, Pagès. Dei-lhe a grana: você lhe deve 405 francos, mas ele colocará o restante com a nota do próximo trimestre. Ele me disse que tinha alguma esperança para mim, o que me consola da matemática.

[*desenho*][24]

Não se preocupe por eu estar um pouco triste, vai passar! Felizmente, você está num lugar bonito! Com a gentil Diche,[25] o consolo de seus velhos dias.

Os livrinhos "tipo Mme. Jordan"[26] foram introduzidos aqui e são lidos com entusiasmo. Acho que vão fazer um grande bem. Vou lhe pedir vários amanhã. Há também outra coisa muito boa como moralização, é uma peça de teatro (de Brieux, creio), *Les Avariés*.

Preciso me despedir, mamãe querida, não tendo mais o que dizer, deixo-lhe um beijo de todo o meu coração e lhe suplico para me escrever todos os dias, como antes!

Respeitosamente, seu filho que a ama,

Antoine

[*desenho*]

---

24 Exupéry ilustrava suas cartas com desenhos, que optamos por não reproduzir. Porém, para manter o caráter documental da obra, indicamos assim os lugares onde eles aparecem nos manuscritos. (N. E.)

25 Apelido de sua irmã Gabrielle.

26 Mme. Jordan era amiga de Mme. de Saint-Exupéry. Ela recebia Antoine toda semana e o fazia ler livros de ordem moral, para prevenir o jovem rapaz contra qualquer tipo de perigo que pudesse correr.

15 [PARIS, LICEU SAINT-LOUIS, 1918]

Minha querida mamãe,

Não estou morto...

Escrevi para você! Só que dei muitos detalhes e tem a censura e nenhuma carta detalhada saiu de Paris. Não preciso dizer que os jornais não contam tudo...

Os boches, infelizmente, não perderam tempo, mas por outro lado o resultado foi maravilhoso: isso levantou mais o moral do que uma grande vitória.

Aqueles que começavam a se tornar pacifistas e achar estúpido continuar a guerra mudaram bruscamente. Nada como ouvir o canhão, as metralhadoras e o barulho das bombas. Isso cura da neurastenia de guerra que invadia aos poucos os civis. Que os boches voltem novamente e haverá em Paris apenas ardentes patriotas.

Impossível dar mais detalhes sobre os estragos e os mortos, minha carta não passaria.

Almocei ontem na casa da tia Fonscolombe, que está bem. Estavam lá os Villoutreys, fiquei feliz em revê-los.

Ninguém conhecido foi atingido.

Eu vi tudo, ouvi tudo e juro que foram estouros enormes, parecia uma grande batalha; os jornais estão dizendo que vieram 60, acredito facilmente nisso, que estrondo!

Estava bem posicionado e num entusiasmo delirante, queria ter visto queimar uns cinco ou seis...

Não sei se você leu em todos os jornais o comunicado boche: "[...] lançamos 14 mil quilos de explosivos na cidade de Paris". Quer dizer que, infelizmente, eles não passaram despercebidos... Mas iremos dar uma voltinha no país deles, espero.

Como não posso dar nenhum detalhe sobre os pontos de quedas das bombas, o nome das ruas ou bulevares, nem dizer se caíram três no Boulevard Saint-Michel, por causa da censura que supervisiona com sucesso, digo até logo, mamãe querida, deixo um beijo de todo o meu coração.

N.B. Fui ver (mas eles não estavam) o tio e a tia Jacques em Asnières.

Respeitosamente, seu filho,

Antoine

N.B. Diga-me se recebeu minha carta.

Acredito que a censura acontece na câmara escura sem abrir o envelope; é muito mais demorado, e não sei quando você receberá minha carta.

A administração do liceu, assustada com os resultados do raide, vai nos fechar no porão. Dessa vez, apenas descemos um andar. Que covardes!

Não tenho nenhum retrato de Diche! Tia Rose recebeu um que foi enviado por Didi: então já foram feitos. Mande-me um logo, ficarei tão feliz!

Mas envie em uma caixa. Tia Rose recebeu o seu todo amassado e arranhado. Envie-me um esta noite! Logo!

16 [PARIS, LICEU SAINT-LOUIS, 1918]

Minha querida mamãe,

Muito obrigado pela carta.

Nós vamos a Saint-Maurice[27] nestas férias?!! Na verdade, se for melhor para seu bolso, por mim tudo bem. Mas não é tão divertido quanto em Ambérieu: o que você quer que eu faça lá sozinho?

Se pelo menos Louis de Bonnevie[28] pudesse vir, mas sua família nunca vai permitir durante as férias! Quanto a ir a Lyon, isso não. Perder um dia a cada viagem! (Ficar lá por mais tempo, sim, tudo bem.)

No fundo isso não tem grande importância: vou estudar matemática e durante meu recreio farei algumas experiências de física e química. Eu bem que queria andar de bicicleta, mas o velho Leduit já deve ter estragado a minha! Poderia mandar consertá-la na oficina do Michaud?

Vou fazer longos passeios, isso vai ser ótimo. Será que verei Didi? Espero que sim! Seria muito impossível ir à Suíça? Enfim, faça como quiser, para mim tanto faz. Só peço que me escreva rápido a decisão definitiva, pois é nesta semana que vou reservar minha passagem.

---

27 O castelo de Saint-Maurice-de-Rémens, situado ao lado de Ambérieu-en-Bugey, no Ain, propriedade onde Antoine passava o verão quando criança. Construído no século XVI, o castelo pertencia a Gabrielle de Tricaud, que o herdou de seu marido, o conde de Tricaud.
28 Louis de Bonnevie (1900-1927), aluno da Villa Saint-Jean e amigo íntimo de Antoine, brilhante oficial da artilharia, morto no Marrocos.

Tivemos prova de matemática dividida em duas partes:
1ª Álgebra;
2ª Geometria.

Já estudei álgebra, mas não fiz nenhuma linha de geometria (não cai no concurso). Assim tenho uma colocação medíocre para o conjunto, mas o sr. Pages me disse que para álgebra eu ficaria entre os cinco ou seis primeiros (40 alunos), com a nota 14 sobre 20 (eu só tenho infelizmente sete sobre 20 no total), o que é excelente e me dá esperanças.

Os aviões alemães vieram e causaram mais estragos. De uma casa de seis andares, não resta mais *nem uma pedra*. A casa inteira está no meio da rua. Aliás, eles retornarão em breve.

Despeço-me com um beijo de todo o meu coração.

Respeitosamente, seu filho,

Antoine

Os aviões acabam de voltar. Que país! É impossível dormir! Desta vez eles fizeram um estrago assustador, dez vezes mais que anteontem. Toda a população vai fugir se isso continuar. Há muitas vítimas e prédios desmoronados em quantidade. Muitos estragos, inclusive próximo de Saint-Louis em Luxemburgo. (Fomos cercados pelas bombas.)

N.B.: Estou vivo.

Sete bombas no bulevar Saint-Germain, entre as quais três no Ministério da Guerra, perto da rua Saint-Dominique, em frente à casa da tia.

17 [BOURG-LA-REINE, LICEU LAKANAL, 1918][29]

Minha querida mamãe,

Estou bem, recebi ontem uma carta sua.

Não estamos mal aqui, ainda que o liceu Saint-Louis tenha nos mandado, para nos acompanhar aqui, os seus mais intoleráveis vigilantes.

---

29 Os alunos mais velhos do Liceu Saint-Louis foram levados para Bourg-la-Reine no Liceu Lakanal. Uma das razões dessa mudança foi o hábito deles de subir no telhado para ver os bombardeios.

Aqui também tem um parque, mas é proibido entrar. Felizmente, os pátios são imensos, cheios de árvores etc.

O sr. Corot[30] é inimaginavelmente surpreendente. Tenho esperança. Você acha que eu vou conseguir?

A sra. Jordan vai me ver no sábado à noite e me hospedar. Vai ser muito agradável para mim. (Minha letra está terrível: estou apressado.)

Não estou muito entediado, ainda mais aqui que em Paris, considerando o isolamento em que estamos, perdidos nesse imenso liceu.

Deve haver uma maneira de encontrar um quarto. Em todo caso, coloque em sua próxima carta: "Peça um quarto, dou a minha permissão". Eu usarei a sua carta, caso seja necessário, pois é melhor tê-la como reserva para o dia em que eles nos oferecerem um, pois o número é limitado, assim tenho certeza de que vou conseguir o meu chegando primeiro. Este dia já está próximo.

Faz um tempo feio e não está nada quente. Tenho, eu acho, tudo o que preciso de roupa íntima e vestimentas. Precisarei apenas de uma gravata que comprarei domingo.

Como você está? Espero que não se canse demais na sua ambulância. Você já está com as fotografias? Envie-me algumas e também, se você tiver, as ampliações. Fui ver Schaefer[31] que me mostrou uma prova muito escura, mas não ruim (eles vão fazer mais clara); volto lá no sábado.

Tia Rose, como sempre, é muito agradável, e o que tem de mais delicioso na casa dela, qualidades morais à parte, são os lanches, eu lancho na casa dela no domingo e juro que tenho no estômago amanteigados para a semana inteira... delicados, frescos e derretendo na boca!

Isso tudo para o físico de seu filho, que come bem, dorme bem e trabalha bem.

Antoine

---

30 Professor de matemática encarregado do curso preparatório na Escola Naval.

31 Editor que fez uma série de fotografias de François de Saint-Exupéry em seu leito de morte, de acordo com um clichê feito por Antoine.

18 [LAKANAL, JUNHO DE 1918]

Minha querida mamãe,

Espero que você esteja bem, queria tanto receber uma carta sua. Se soubesse quanta saudade sinto: quando virá me ver?

Amanhã, domingo, vou sair, não estou retido. (Somos apenas quatro em 20 a sair). Foram distribuídas esta semana 208 horas de retenção!

Faz um tempo bonito esta noite, então já se pode infalivelmente prever: aviões, despertar, porões. Gostaria que você estivesse aqui para escutar uma vez o tiroteio na barragem. Parece que estamos no meio de um verdadeiro furacão, de uma tempestade em alto-mar, é magnífico. Só que não se pode ficar do lado de fora, porque caem estilhaços em toda parte e nos trucidariam. Encontramos muitos no parque.

Quanto a Monot, é o seguinte:

Mande-a na sexta à noite. Ela vai chegar sábado de manhã, e no sábado à noite eu sairei. Vou encontrá-la na casa da sra. Jordan, jantaremos e iremos juntos ao teatro; no dia seguinte de manhã, domingo, iremos juntos para o Mans.

Para a sua hospedagem de sábado à noite, poderei falar com a tia Rose: vamos encontrar uma solução. Preciso apenas que você me responda o mais rápido possível para que eu reserve os lugares no teatro (não muito caros). Poderia então, consequentemente, enviar-me a carta seguinte (tia Laure me implora para ir ao Mans): "Peça ao sr. Corot para autorizá-lo a ir ao Mans a fim de ir ao casamento de sua prima,[32] gostaria que você acompanhasse sua irmã".

Parece que há certo temor que os boches ocupem Paris qualquer dia, estão falando em todos os jornais. Se eles vierem eu vou fugir a pé (será inútil tentar pegar o trem), mas é pouco provável.

Nossa vida no Lakanal não é muito chata. Temos agora...

[*Carta cujo fim foi perdido*]

---

32 Antoinette de Saint-Exupéry casou-se, dia 18 de junho de 1918, no Mans com Jean de Grandmaison.

19 [BESANÇON, 1918]

[*desenho*]

Minha querida mamãe,

Acaba de acontecer uma coisa muito triste; o general Vidal foi aposentado, tendo já ultrapassado o limite de idade. Ele partirá no dia 15 de setembro para Besançon.

[*desenho*]

Ainda que isso fosse fatalmente acontecer, todo mundo está triste. A sra. Vidal, ele e todos me disseram que lhes agradaria muito vê-la aqui antes da sua partida.

Obrigado pela sua carta. Você tem os meus papéis urgentes? Já está na hora! Envie-me rápido, obrigado; é urgente.

A ninfa do lar aquece as mãos numa noite de inverno, e sonha... com quem?

[*desenho*]

A ninfa do lar.

Acabo de receber uma carta muito agradável de Corot, me encorajando, adoro esse homem.

Estou muito perplexo, me perguntando se já não posso me alistar logo para ser incorporado rapidamente. Espero uma resposta do Ministério da Marinha. No fundo, penso que é bom esperar até 15 de outubro, data provável da convocação.

Ficaria muito feliz em vê-la no mês de setembro.

[*desenho*]

Acredito que adivinhei com quem ela sonha...

[*desenho*]

No momento, estou estudando meu boche[33] e também matemática. O restante do tempo fico conversando sobre arte com o escultor Guénod, que você deve ter visto aqui, fazemos versos, mas para isso tenho pouco tempo.

[*desenho*]

Vamos passear em Gévrieux...

---

33 Língua alemã.

[desenho]

Em Gévrieux: a infiel!

[desenho]

Dans Gévrieux désert, quel devint mon ennui![34]
Racine, *Andromaque*

Ariane, ma soeur, de quel amour blessé
Vous mourûtes aux bords où vous fûtes laissée?[35]
Racine, *Phèdre*

Domingo, a sra. Vidal, não sei mais quem e eu vamos fazer uma grande excursão. Você me pede para dar detalhes sobre a minha existência, mas eu estudo o tempo todo, nada acontece...

Despeço-me para ir estudar álgebra. Um beijo de todo o meu coração. Respeitosamente, seu filho,

Antoine

[desenho]

20 [BESANÇON, 1918]
[desenho]

Minha querida mamãe,

O grande dia chegou: amanhã me apresento junto ao conselho examinador. Serei incorporado à artilharia como candidato às escolas superiores e partirei em 15 de outubro.

Vou obter do meu comandante autorização para continuar meus estudos e poderei continuar as aulas no Saint-Louis (mas ele não é obrigado a me dar essa autorização). Se eu for recebido na Escola Naval, tudo ficará bem; se eu for reprovado, pedirei para ir ao grupo dos caçadores, o que, segundo o general, é muito fácil, ainda mais que podemos nesse caso escolher nosso batalhão facilmente. Assim, vou reencontrar vários colegas

---

34 "Em Gévrieux deserta, que amargura a minha!"
35 "Ariana, minha irmã, por qual amor flechada/ Tu morreste na praia onde foste deixada?"

que já decidiram também alistar-se todos no mesmo batalhão de caçadores em caso de reprovação. Uma vez no front, pedirei para ir à aviação, se quiserem me aceitar. Em todo o caso, serei soldado a partir de 15 ou 30 de outubro.

[...]

É verdade que fiz um grande progresso em boche, mas, considerando a minha nulidade, ainda tenho muito que fazer. Contudo, agora estou quase certo de que não tenho nenhuma nota eliminatória, o que já é muita coisa.

Sei muito bem "óptica" em física, só me falta o "magnetismo" para revisar. Como tudo isso vai acontecer, não sei. Entramos agora num grande desconhecido...

[*desenho*]

Espero que você esteja bem e que não se canse muito.

Como vai Mimma? Ela está melhor?

Um beijo de todo o meu coração.

Respeitosamente, seu filho,

Antoine

Acabei de passar pelo conselho, onde fui examinado de todos os ângulos. Ficamos aproximadamente em trinta rapazes, em traje de Adão, diante do júri, que fica sobre um estrado. Naturalmente, passei, até me parabenizaram.

21 [BESANÇON, 1918]

Minha querida mamãe,

Já conseguiu os meus papéis? São muito urgentes.

Como você está? Espero que esteja bem e que um dia desses você pegue o trem para Besançon...

Estou indo muito bem com o alemão. Hoje começo a consertar minhas malas e, além disso tudo, estou escrevendo alguns versos.

Minha letra horrível e ziguezagueante, é porque estou escrevendo sobre meus joelhos, a pior posição de todas.

Monot me escreveu como terminaram os amores do nobre e gentil cavaleiro de La Poisette. Que homem! É fantástico, apesar de tudo...

[*desenho*]

Recebi uma carta de Bonnevie, que, querendo se alistar, não pôde: se eu for reprovado, tentaremos ir para o mesmo regimento. Pois não conto ficar na V artilharia, a não ser que ele possa vir também, mas a artilharia também não me interessa. Pode ser também que eu seja aprovado, e então... partiu para Brest (quarto lugar...)

Os Vidal são sempre gentis comigo, a sra. Vidal, na casa de quem almocei domingo, me levou para fazer excursão nos arredores com a sra. não sei quem e levaram um lanche que estava delicioso.

O que há de novo em Saint-Maurice? A pequenina continua cantarolando e se emperiquitando com roupas cheias de discrição e de elegância que ela continuaria sendo seguida pelos revérberos: é pior que Orfeu. (Só que não é seu canto que está em jogo, pois, se os revérberos a ouvissem cantar, ficariam azuis, como em Paris.)

Reflexão feita, tenho muito espírito.

Uma das mais belas estrelas dessa casa que acabo de rabiscar. Como ficou?

[*desenho*]

Espécime homem.

Vou me despedindo. Meus desenhos são horríveis e não estou muito inspirado para escrever.

Um beijo de todo o meu coração.

Respeitosamente, seu filho,

Antoine

22 [PARIS, 30 DE JULHO DE 1919]

Minha querida mamãe,

Voltei a Paris, onde recebi sua carta. Respondo telegraficamente a seu bonequinho [...] ficarei tão contente em revê-la e estar um pouco sozinho com você. Fiquei desesperado em saber que estava doente. Sua febre baixou?

Seria genial irmos para uma montanha. (Como se diz na Suíça, "que é exatamente um pico?" Os Alpes? O monte Blanc?) Você faria desenhos e aquarelas. E depois poderíamos ensaiar grandes peças de teatro... e depois... e depois... muitas coisas. E além de tudo você se recuperaria!

Se você for para as montanhas antes que eu chegue, escreva-me informando aonde vai que vou encontrá-la.

Ontem eu fui ao grande teatro de marionetes com Louis de Bonnevie, uma peça macabra, segundo a tradição do lugar. Ela termina com a imagem encantada de um haraquiri, segundo as regras (com uma representação digna de nota).

Você me avisou sobre uma carta de Monot, mas nunca me manda nada com a sua...

Parece que o tio Guillaume está em Saint-Maurice, não vai vê-lo?

Não está muito quente nos últimos dias, mas eu preferiria cozinhar, assar, grelhar e saber que você está em um clima melhor! Continua sentindo muito frio?

[*desenho*]

Recebi da segunda dos Menthon uma longa carta de quatro páginas com fotos, imagens etc., no dia do meu aniversário (fiz 19 anos ontem). Sim, fiz 19 anos no primeiro dia da paz... É bem cômico!

Não sei mais o que dizer.

[*desenho*]

Não sei desenhar... Droga!

Então vou me despedir, pois não tenho mesmo nada mais para lhe dizer.

Respeitosamente, seu filho,

Antoine

Abraços apertados.

23 [PARIS, 1919]

Minha querida mamãe,

Já faz 15 dias que não recebo carta de ninguém. Estranhos esses períodos em que todo mundo se fala, sem se conhecer...

Estou bem. Não estou muito triste ultimamente, mas tenho muita coisa para estudar. Tenho saído só para ir à casa da tia Churchill de quem, decididamente, gosto muito. Jantei quinta à noite na casa dos Jordans, almoço amanhã com os Bonnevie, quinta em Asnières, próximo domingo na casa dos Vidal, os quais acabo de visitar. Escrevi alguns versos, entre eles uma longa poesia que me parece boa [?] e um ou dois sonetos bem bons, mas eu tenho outras coisas para fazer, e deixei tudo isso na pasta que você tinha me dado!

Estou progredindo com o violino e estou aprendendo os *Noturnos* de Chopin. Já aprendi um muito difícil e que estou tocando muito bem. Uma maravilha: o XIII.

Espero que a tia esteja melhor: acho que vou receber uma carta sua esta noite, porque um demônio maligno está se divertindo em fazer se desencontrarem nossas cartas. Talvez você tenha voltado para o Sul?

Então amanhã vou almoçar na casa dos Bonnevie. Eles são muito simpáticos e vão me levar ao teatro. Espero que seja para ver *La Belle Hélène,* mas não sei ainda.

O que aconteceu com Monot? Não tenho mais notícias dela, nem dos outros... É verdade que ela também não deve ter muitas notícias minhas, a menos que eu seja sonâmbulo e que escreva quando estou dormindo.

O pequeno Baudelaire que você me deu tornou-se um velho amigo. Contudo, meu antigo livro despedaçado também tinha o seu valor, ele se abria sozinho onde eu queria. Força do hábito. Ele não temia as meditações curvadas pela chuva torrencial no Bosque de Bolonha, mas pouco a pouco eu o esqueço, em troca da pequena joia que você me deu e onde as preciosas criações de Baudelaire encontram um pequeno cofre digno delas... Nossa que frase elegante...! Estaria me tornando pomposo?

Ultimamente tenho estado contente. Primeiro, não sinto mais a melancolia. Depois, tenho o estudo, o que deixa minha consciência tranquila, e enfim encontro em toda parte coisas que me mergulham em êxtases desconhecidos até o presente. Uma nota de Chopin, um verso de Samain, uma encadernação da Flammarion, um diamante da rua da Paz, sei lá... Depois da minha melancolia palidejante, penso neste verso de Samain:

"Et te découvrir jeune et vierge comme un monde."[36]

---

36 "E descobrir-te jovem e virgem como o mundo."

Assim, até na aula de matemática, descubro possibilidades de emoção artística e lhe mostrarei um caderno de analítica em que a ordem do texto, a harmonia dos títulos, a elegância espiritual das figuras fazem imaginar uma edição de arte enriquecida com arabescos estranhos. E a estrofoide bipolar que era apenas uma pobre curva do quarto grau se eleva ao papel delicado de uma estampa decorativa.

Meu livro de arte – o verdadeiro, com a capa cor de pinha – faz certo sucesso. Acham que eu *estilizo* muito bem. Acham também, como já lhe disse, surpreendentes os meus versos de "Os peregrinos do belo", vou recitá-los no próximo domingo para os Vidal.

E depois a vida tem dias agradáveis de verdade. Tenho colegas simpáticos com quem sou simpático. Eles são espirituosos, e suas criações ao estilo de "Sabran" mergulham-me igualmente em êxtase. Discutíamos sobre o tema prosaico dos piolhos e da maneira de se livrar deles. "Muito simples", disse um de nós com uma seriedade de um *magister,* "você corta os pelos e os cabelos em escadas e tira a rampa, e então eles caem com a b... no chão." Bonito né... Não muito ático, mas bonito.

Como vai Biche...? Eu reclamava quando estava em Lyon, mas no fundo fiquei extremamente lisonjeado de sair com ela... e, na verdade, foi uma honra: seu casaco tinha um certo *chic*... ela não era feia, feia, feia... diga-lhe que mando um beijo.

Comecei a estudar meu violino meia hora por dia. Espero assim progredir... Ah, saber tocar... imagine que compus um trecho estranho e lancinante e lúgubre... do qual gostei muito. Só o toco quando estou sozinho, não se deve jamais correr o risco de fazer as pessoas desvanecerem, nessa época de encefalite letárgica, pode haver consequências funestas. Basta saber se desvaneceriam pelo excesso de emoção artística ou pelo excesso de horror.

Escrevi a Sabran por avião... a linha funciona com o Marrocos. Coloca-se a carta no correio *da noite*, e no dia seguinte à noite ela estará em *Rabat*!!!

Até logo mamãe querida. Desculpe a minha letra, bati todos os meus recordes de rapidez...

Um beijo, com amor.

Respeitosamente, seu filho,

Antoine

24 [PARIS, 1919-1920]

Minha querida mamãe,

Escrevo-lhe da casa da sra. Jordan. Vou jantar esta noite na casa dos Trévise. No próximo domingo, almoço de encontro dos antigos alunos do Saint-Jean.

Como você está, minha pobre mamãe? Poderia me enviar mais notícias de Monot? Pobre menina... como ela está?

Estou estudando muito. Minhas últimas notas de arguição são 12, 14, 14, estou indo bem em matemática.

Voltei ao Jardin des Indépendants com um dos meus amigos. Há algumas coisas para ver, mas quantos horrores! O que é mais hediondo é, em particular, os quadros modernos das academias. Parece que estamos diante de uma vitrine de açougue: nenhuma arte, nenhum ritmo das linhas: uma enorme massa de carne. [...]

Fiz outra poesia – "Os peregrinos da verdade" – que entusiasmou meus colegas. Mas espero mostrá-la a pessoas que entendam mais do assunto que esses simpáticos rapazes. Continuo prometendo copiar para os outros alguns dos meus versos, mas na verdade nem tenho tempo de recopiá-los para mim... Vou ver isso durante as férias. Estou contente porque acredito ter dado um salto com as minhas últimas poesias.

Acho que vou me tornar um discípulo fiel de Samain, ou talvez não, pois odeio confiná-lo em um gênero, mas quero dizer que Samain no *Le Chariot* [...] me entusiasma cada vez mais.

Jantei domingo passado na casa do tio Hubert, e depois fui ver a representação da *La Vierge folle* de Henry Bataille: uma peça extraordinariamente comovente – até mesmo dolorosa – e genial. Henry Bataille é um grande gênio do teatro. Bernstein e ele são, na minha opinião, figuras notáveis. Um dia certamente tentarei fazer teatro, isso me apaixona, é um tipo de literatura notável do ponto de vista do poder de emoção que nela se condensa. É menos apropriada à complexidade das ideias que devem ser, evidentemente, bastante gerais para se prestar a essa estrutura.

Estava lendo em não sei qual revista: "De fato não vejo Kant ou M. Boutroux inventando ideias para o teatro". Para mim, autores como Bernstein ou Bataille colocam-nos diante de uma ideia que é resultado de uma "constatação", uma "situação". "Não se conhece jamais a si mesmo, mesmo quando se acredita amar-se, e o homem permanece fechado nele mesmo." *Le Secret*, Bernstein.

"Existem na vida situações insolúveis que são a ruína das ideias admitidas." *La Vierge folle*, Bataille.

Fiz algumas reflexões sobre a pretensa aproximação do gênio e da loucura, gostaria de escrevê-las. Parece-me que é brincar com as palavras, com a palavra loucura.

Se a loucura é a incoerência do espírito, a impossibilidade de elaborar uma síntese, parece-me que é extraordinariamente distante do gênio que é a capacidade de conceber uma associação mental coerente e construir uma síntese.

Contudo, quando as associações mentais são muito distantes e o gênio intuitivo negligencia ordenar as ideias intermediárias, sua síntese pode parecer incoerente, mas então a loucura, se existir loucura, é apenas uma sucessão de contradições, mas completamente de outra ordem de ideias, e a palavra deveria ser diferente, mas não tenho tempo de explicar-lhe minha teoria que, aliás, ainda não tenho bem presente na minha cabeça.

Gostaria de dizer-lhe alguma coisa divertida, mas na verdade não vejo nada engraçado.

Acabo de ler um soneto de Henri de Régnier, muito bom. Ele fala dos doze meses do ano. Onze deles passaram sem trazer-lhe nada além de decepção e tristeza, mas chegou dezembro:

...que viens-tu m'apporter dans ma nuit?
Eux leurs espoirs-menteurs ne sont plus que des ombres
Mais toi! Si j'allais voir se lever aujourd'hui
L'étoile du bonheur au fond de tes yeux sombres![37]

---

37 Trata-se dos últimos quatro versos do soneto intitulado, justamente, "Décembre". No primeiro dos versos citados, faltou o trecho "le dernier", o último, justamente se referindo ao mês do ano. Podemos traduzi-lo da seguinte maneira: "...o que vens tu [, o último,] me trazer em minha noite?/ Eles e suas esperanças mentirosas são apenas sombras/ Mas tu! Se ao menos visse surgir hoje/ A estrela da felicidade no fundo dos teus olhos sombrios!"

Tenho visto Louis com frequência. Vou visitar os Sabran logo. Que pena que Marc[38] esteja em Marrocos: era um grande amigo!

Quando você virá a Paris? Entendo a sua perturbação em meio a todas essas preocupações e essas complexidades da vida. Mas, pelo menos não se preocupe comigo: estou bem, não estou melancólico e estudo muito.

Fico por aqui mamãe querida. Beijos de todo o meu coração, com todo amor. Beijos também para a pobre Simone.

Respeitosamente, seu filho,

Antoine

Poderia me enviar uma ordem telegráfica hoje para que eu possa sair na terça? Sapatos – impermeável – mesada.

25 [PARIS, 1919]

Minha querida Monot,[39]

Obrigado pela sua carta enviada há um ou dois meses, apresso-me para respondê-la. Não me lembro muito bem se você tinha feito perguntas, assim passo em seguida à ordem do dia.

Sim, preparo-me para a Central; é impossível que eu esteja pronto para esse exame, já que nunca fiz

desenho de máquina

desenho de arquitetura

fórmulas complicadas de química (o programa de química é muito pesado).

2º Não poderei me apresentar para a Naval, visto que não estou estudando o programa. Enfim, é preciso ser fatalista.

Quinta fiz um passeio de trinta quilômetros com a tia Yvonne de Trévise, que é a pessoa mais adorável que eu conheço, original, fina, inteligente, superior, em todos os pontos, e ainda é muito gentil. Fizemos muitas excursões juntos e ela vai talvez me levar nas sextas à noite em

---

38 Marc Sabran, colega de Bossuet e amigo lionês dos Saint-Exupéry.
39 Apelido de sua irmã Simone.

sua casa... isso me mudaria da matemática... fui duas vezes consecutiva-
mente na casa dos N...: almoço, música, versos e teatro. Todos me acolheram de forma encantadora e simpática e o mais agradável possível,
MAS... mas (guarde isso para você) não consigo compreender como eu
pude, durante quinze dias, ser fisgado, pouco que fosse, por Jeanne.
Acredito que foi a primeira moça que fez um certo charme para mim
(Madeleine de Tricaude nunca me interessou) e que isso emocionou
meu fraco coração.

J'ai déjà un coeur, et mon faible coeur etc.[40]
Musset

Agora, estou desesperado com esse entusiasmo passageiro, que me
fez baixar minha própria estima; é exatamente o oposto do meu tipo.

Eu desgosto mais do que gosto. Por exemplo, não gosto de mulheres
maciças demais, e esta, sem ser exagerado, pesa um pouco demais para
meu gosto. Seu sorriso não é o meu ideal. Em resumo, voltei atrás na
minha primeira impressão, que, além disso, durou muito pouco. Ela até
me irrita um pouco, penso que por reação, mas fora isso, elas são muito
gentis e amáveis, e companhias agradáveis. Mas o que eu prefiro na família é ainda a sra. N... que tem "distinção", inteligência, ideias amplas e
muitas outras qualidades que fazem dela uma grande anfitriã.

Estou tendo aulas de dança na casa dos Jordan. É um grupo protes-
tante rico e de bem, com boas relações, mas não vejo nenhuma moça bonita, nem perto das M... de Lyon (a quem, entre parênteses, você vai saudar
por mim, sobretudo a segunda, eu as acho bonitas). E ainda mais, não vejo
distinção evidente nessas que conheço aqui, mesmo que sejam de boa família. Elas talvez pareçam com as inglesas...

Eu acho, fora o bóston, um tanto medíocre, todas as danças modernas
horríveis... o tango talvez menos, e ainda assim! Mas, psit!... Para ser
sincero, parece dois bancos de madeira que dançam juntos. É antiestético
ao máximo.

---

40 Primeiro verso, que serve também de título para uma canção escrita por Alfred de
Musset (1810-1857), presente na sua obra *Premières poésies* (de 1829). Podemos traduzi-lo
da seguinte forma: "Já tenho um coração, e meu coração fraco [etc.]".

Quando eu for engenheiro e escritor, e ganhar muito dinheiro e tiver três carros, iremos fazer uma viagem juntos para Constantinopla de carro, será encantador. Assim me despeço com essa bela esperança. Escreva-me.

Seu fraternal,

Antoine

26 [PARIS, 1919]
[*desenho*]

Minha querida mamãe,

Obrigado pela sua carta. Ela me agradou muito. (Não sei mais escrever, pois tenho uma pena de caneta nova que não se adaptou à minha letra. Quebrei a outra.) Desculpe-me pelos garranchos.

Estou bem, apenas um pouco cansado, e vou descansar oito dias no Mans.

A prova oral da Central será daqui a quinze dias ou mais. Mas se eu me apresentar faço-o por curiosidade, sem a menor ilusão: todo mundo faz a oral. Devo ter nota dois como média da escrita.

Louis, que foi melhor do que eu, acha que é inútil se apresentar para a oral, ele já não se preocupa com seu exame.

De minha parte, gosto tanto de estudar até o fim, mas não para um exame que já afundaram.

Escrevo da casa de Yvonne,[41] onde estou hospedado esta noite, antes de partir para o Mans. Visito com frequência os Bonnevie [...] quanto a Louis, ele é muito simpático [...].

Ontem teve uma imensa passeata de estudantes na avenida de L'Opéra. Contei 45 carros que nós impedíamos de passar! 45! Descobrimos um negócio surpreendente: uma linha de um quilômetro ia do

---

41 Yvonne de Lestrange, então duquesa de Treviso, prima-irmã distante de Mme. de Saint-Exupéry, era muito ligada a Antoine, que encontrou na casa dela, no cais Malaquais, muitas personalidades da *Nouvelle Revue Française* (*NRF*) e do mundo literário, entre elas André Gide.

começo até o fim da passeata: assim, nenhum veículo poderia nos atrapalhar... foi bastante divertido.

Estou me correspondendo com Dolly de Menthon: definitivamente são pessoas muito agradáveis.

Pensando em Jeanne, eu poderia cantar o ritornelo de Didi:

"Dizem que vai se casar..." derramando torrentes de lágrimas amargas e mesmo pensando em me suicidar com uma lâmina gilete... não... eu sou forte, vou resistir a essa dor lancinante... Que engraçado, isso me faz pensar que eu lhe devo alguns versos pelo seu casamento, que lhe prometi. Vou fazer isso no Mans.

Tempo ideal, mas num céu azul demais com nuvenzinhas brancas demais. É um céu (ritornelo), gravura do século XIX, você entende o que estou dizendo.

Tempo ideal, porque está fresco hoje! Sim fresco! Não fosse uma consulta de uma hora com o dentista, minha tarde teria sido charmosa.

Devorei dois sorvetes em dois confeiteiros diferentes. Decididamente, os sorvetes e (como diz a canção) o camelo são as duas mais belas invenções do criador.

Acabo de ler versos para o primo de Treviso que ficou muito surpreso e me deu uma porção de conselhos tão interessantes quanto originais e pessoais. É um cara superior, sabia?

Constato com tristeza que estou com um pouco de dor de garganta ainda. Desde que esta maldita febre não volte. Eu não deveria ter tomado dois sorvetes.

Estou escrevendo uma longa carta para distraí-la um pouco, porque penso que quando estou doente gosto muito de receber longas cartas das pessoas que eu amo. E estou tão triste em saber que você está doente...

Gostaria de fazê-la rir um pouco, mas não vejo nada de muito engraçado nos últimos dias e noites.

[...]

Acabo de olhar em torno de mim, estou no quarto da coleção de Napoleão – muito bom o quarto –, onde todos os bibelôs representam este grande homem em posturas variadas ao infinito, e onde cada móvel, por menor que seja, contém pelo menos cinquenta bibelôs.

Tem um aqui, na minha frente, de porcelana e que me olha com uma benevolência condescendente. Ele é um pouco gordo demais para um grande homem: um grande homem não deve ser gordo, *a priori*: ele deve ser queimado por uma chama interior. Um pouco à direita há outro sobre um cavalo, o cavalo se empina e Napoleão tem um semblante entusiasmado que sucede em geral uma perda para o patrimônio francês de pelo menos quatro garrafas de bom vinho. Mas Napoleão se alimentava de glória e de água fresca que não deviam corresponder a esse semblante hilário. Essa estátua choca meu senso de realidade histórica.

Certamente, vou ficar alucinado esta noite com um desses mil Napoleões. O magro e seco da esquerda vai emagrecer e secar na minha frente até que meus cabelos se arrepiem sobre minha cabeça. O brincalhão vai vir me puxar a orelha com um jeitinho sagaz e fazer mil piadinhas cheias de doce abandono. Se eu não sonhar com isso, é porque tenho um sistema nervoso muito forte.

Yvonne estava radiante esta noite. Ela tocou para mim um trecho de Chopin de que gosto muito – que gênio esse Chopin! – e depois eu li alguns versos (já lhe disse isso).

Ficaria tão contente de ler um dia suas lembranças da guerra! Cuide disso, mamãe querida. Na realidade, já que você tem uma arte, a pintura, você não precisa trabalhá-la, cansar-se com signos que me parecem infinitamente mais cabalísticos que a matemática.

Monot está engordando nas densas relvas de Saint-Maurice? E Diche? Pobre anjo, como ela deve estar feliz com o fato de estar em família, o que lhe permite encontrar suas galinhas, seus cachorros, seus coelhos e seus porquinhos-da-índia – e Monot, seus italianos.

Evidentemente, a raça italiana é superior do ponto de vista das maneiras, mas ela me parece viver de uma herança e ser incapaz de criar. Nada de grandioso surge deles, do ponto de vista artístico e científico.

Acabo de perceber que eu tenho uma colcha de cama rosa-clara. Isso me faz pensar em doces de confeitarias e me dá água na boca.

Estou muito contente por ter uma colcha de cama rosa-clara.

Um quarto Napoleão me sorri com um jeito simpático.

[*desenho*]

O da frente.

[*desenho*]

Imperator rex.

Acabaram de me trazer água quente para minha toalete: que luxo!

Não sei mais o que lhe dizer, aliás, faz cinco minutos que eu estou rabiscando conscienciosamente.

Um beijo de todo o meu coração ao me despedir – como a amo.

Respeitosamente, seu filho,

Antoine

Que descoberta sensacional!

Acabo de perceber que o meu Napoleão da frente era uma jarra e tinha até mesmo uma alça em forma de nadadeira dorsal. Saiba que ele perde muito a sua dignidade sendo uma jarra!

[*desenho*]

Imperator cruchus rex

Vire por favor.

Agora estou deitado. À minha frente tem um terrível cupido de metal dourado que está chorando sobre o túmulo de Napoleão.

[*desenho*]

Estou com sono. Despeço-me com essa visão artística de um cupido em metal dourado!

[*desenho*]

27 [ESTRASBURGO, 1921[42]]

Minha querida mamãe,

Recebi ontem a sua carta, posta-restante, escreva-me para o quartel, até que eu tenha certeza de sair todos os dias, então escreva para o meu endereço na cidade.

Estrasburgo é uma cidade preciosa. Todos os aspectos de uma cidade grande, muito maior que Lyon. Encontrei um quarto excelente. Tenho um banheiro e um telefone a minha disposição no apartamento.

---

42 Depois de ter fracassado no concurso da Escola Naval, e ter se candidatado à Escola de Belas-Artes (seção arquitetura) em 1920-1921, Antoine foi transferido, a seu pedido, no dia 2 de abril de 1921 para o 2º Regimento de Aviação, em Estrasburgo, mas na qualidade de "pessoal de terra". Vai se dedicar para ser admitido junto ao pessoal que voa.

É em uma residência, na mais elegante rua de Estrasburgo, que moram os meus anfitriões, pessoas simpáticas que não sabem falar uma palavra em francês. O quarto é luxuoso, aquecimento central, água quente, dois abajures, dois armários e um elevador no prédio. Tudo por 120 francos por mês.

Eu vi o comandante de Féligonde, que foi muito agradável. Ele vai cuidar do meu negócio de pilotagem. Isso vai ser difícil por causa de várias circulares restritivas. De qualquer maneira nada antes de dois meses.

Estou lhe escrevendo do quartel (da cantina). Desde a manhã estamos caminhando sem destino, de loja em loja sob a tutela de um soldado bonachão e bochechudo, para comprar marmitas e botas.

O Centro é muito movimentado – Spads e Nieuports de caça rivalizam em acrobacias.

Vi Kieffer, a quem, uma vez passados os quinze dias ou oito dias de instalação, pedirei informações a respeito dos arquitetos etc...

O Centro fica muito distante de Estrasburgo. Uma moto vai ser quase indispensável se eu quiser ter tempo de estudar. Voltarei a lhe falar sobre isso. Quando eu tiver uma, visitarei um pouco a Alsácia.

Atravessei de trem Mulhouse, Altkirch, Colmar, visto de longe o Hartmannswillerkopf (o Vieil-Armand). Há sobre seu estreito pico 64 mil homens enterrados.

Recursos de Estrasburgo: excelentes tropas de ópera, disse-me o comandante de Féligonde.

Minha opinião sobre a carreira militar é que não há rigorosamente droga nenhuma para fazer – pelo menos na aviação. Aprender a saudar, jogar futebol e depois se entediar horas com as mãos nos bolsos, cigarro apagado na boca.

Colegas não antipáticos. Além disso, tenho vários livros nos bolsos que me distrairão se eu me entediar muito. Que venha logo a pilotagem e eu serei perfeitamente feliz.

Eu ignoro quando seremos equipados. Nenhum enfardamento ainda nos foi dado. Caminhamos por aí em trajes civis, parecemos uns idiotas. Nada para fazer até as duas horas. Às duas horas nada de novo, além disso, só temos que trocar para o lugar B aquele que está no lugar A e no lugar A aquele que está no lugar B, depois faremos a troca inversa, o que permitirá recomeçar nas condições iniciais.

Até logo, mamãe querida. No fim das contas, estou bastante contente. Um beijo, com amor.

Respeitosamente, seu filho,

Antoine

28 [ESTRASBURGO, MAIO DE 1921]

Minha querida mamãe,

Imagine que vou ser... professor, enquanto espero para ser aluno--piloto. A partir de 26 de maio, estou encarregado dos cursos teóricos sobre motor a explosão e aerodinâmica. Terei uma sala – um quadro-negro e vários alunos? Depois disso, *certamente*, serei aluno-piloto.

Por enquanto – ao contrário das falaciosas opiniões emitidas por outros – eu acho o regimento uma coisa agradável.

Primeiro, porque só praticamos esporte. O regimento é, em resumo, uma grande escola de futebol. Jogamos também joguinhos de colégio (pique-bola, carniça), com a diferença que esses exercícios são comandados e que, se jogarmos mal, teremos que deitar na palha úmida das celas... outra semelhança com o liceu: "Fulano, você vai copiar cem vezes: quando há toque de recolher, deve-se passar pela esquerda do comandante".

Esta tarde: vacina contra o tifo.

Tenho colegas de quarto muito simpáticos. Grande batalha de travesseiros. Eles têm minha simpatia, o que é muito, e as travesseiradas, dou mais do que recebo.

Voltando ao meu professorado... É divertido, pelo menos! Quem diria, eu professor!

Almoço e janto no refeitório com os colegas entre os quais um ou dois são encantadores. À tarde, saio às seis horas, *tomo um banho* no meu quarto e faço um chá.

Preciso comprar vários livros caros para as minhas aulas. Poderia me mandar dinheiro assim que receber minha carta?

Além disso, poderia me enviar quinhentos francos por mês? É o que eu gasto mais ou menos.

Nosso capitão é um capitão de *Billy*. Você o conhece? Se sim, recomende-me a ele.

Está em Paris? Deveria vir por Estrasburgo, cidade encantadora. Senão, ficará para mais tarde, e depois eu terei licença como professor...

Pois é. Despeço-me aqui.

Um beijo, com amor.

Respeitosamente, seu filho,

Antoine

Envie sempre o dinheiro *para o quartel*. (As cartas para a cidade ou para o quartel.) 2º Regimento de Aviação S.O.A. Estrasburgo Central, Baixo Reno.

29 [ESTRASBURGO, 1921]

Querida Didi,[43]

Agradeço muito sua carta que me deu grande prazer, sobretudo por saber que seu cachorro, com quem sonhei esta noite, está bem.

Daqui em diante, escreva para a casa do sr. Mayer.

Rua 22 de Novembro, 12

Estrasburgo (Baixo Reno).

São seis e meia da manhã. Já me viu escrevendo cartas a essa hora matinal? Levantamos às seis, ficamos livres até as sete, fazemos exercícios até as 11, almoçamos e ficamos livres até 13h30. Exercícios até as cinco, livres até as nove.

O exercício é cansativo: passos de ginástica, movimentos, etc. em pleno sol. Algumas vezes cômico:

"Aqueles que sabem fazer tal exercício, saiam da fila! Mais rápido que isso... chispa! Ei, você aí... dois dias de retenção."

Cinco minutos depois: "Aqueles que sabem cantar, saiam da fila... Bem, vocês sabem cantar *La Madelon*? Cantem-na para seus companheiros... Mais alto, por Deus... Dois dias de retenção, não sabem cantar mais alto?"

– Bem, agora, vamos sair. Sob o comando de quatro, todos vão cantar. Meu Deus do céu, vocês aí não vão ficar quietos?

---

43 Didi é o segundo apelido de sua irmã Gabrielle.

"Direita, direita, esquerda, esquerda! Avante, marchem! Um, dois! Um, dois! Cantem todos. Um, dois! três! quatro!..." E *La Madelon* começa evidentemente em duzentos tons diferentes, já que nenhum é dado...

Também nos fazem caminhar de quatro por horas e outras loucas traquinagens...

Para resumir, nada de mais maçante que no liceu, muito pelo contrário.

Droga! A sirene... Até logo! Toque de recolher lá fora...

Beijos do

Antoine
T.S.V.P[44]

Pânico geral. A sirene tocou uma hora, dois mil soldados correram com o barulho: um pano queimava no casebre do ferrador. Dois dos dois mil soldados cuspiram em cima e se apagou, e os dois mil menos dois soldados – eu também – voltaram.

[*desenho*]

Quase não consigo ficar em pé de cansaço – não por ter apagado o fogo – mas por esse maldito exercício. Não tem muito aborrecimento. Como distração, aviões que se despedaçam no chão com um barulho metálico, e sargentos berrando.

Veja só – nosso capitão é um capitão de *Billy* (não sei se é assim que se escreve). Se você conhece aqueles de Lyon, pergunte-lhes se não é um dos seus parentes que comandam os S.O.A., no 2º de Aviação em Estrasburgo, e *peça que me recomende a eles*.

Escreva-me assim que souber de algo.

Meu quarto na cidade é muito bom. Tomo um banho toda noite quando chego do quartel, e preparo uma xícara de chá antes de voltar.

O capitão vai me chamar esta manhã, sobre meu pedido para ser aluno-piloto. Espero que dê tudo certo. Se sim, em quatro ou cinco meses virei fazer acrobacias sobre Saint-Maurice-de-Rémens.

Se quiser ser gentil, vai me enviar de vez em quando alguns embrulhos e outras coisas para um quarto na cidade. Sempre é um prazer recebê-los.

---

44 Sigla em francês para *Tournez, s'il vous plaît*. Tradução: "Vire, por favor".

Ontem, *debaixo de uma tempestade que jamais vi*, os aviões voaram mesmo assim. É preciso evidentemente um domínio formidável de seu aparelho.

Última hora.

Imagine que agora sou professor... Ensinarei em uma sala com um quadro-negro a aerodinâmica e o motor de explosão para um monte de alunos. Depois disso (em um ou dois meses) serei certamente aluno-piloto.

Um beijo, com amor.

Teu irmão que te ama,

Antoine

30 [ESTRASBURGO, SÁBADO 1921]

Minha querida mamãe,

Nada de novo. Com certeza há coisas mais variadas que a vida no quartel. A melancolia chega, aos poucos. Em um mês mais ou menos saberei se vou pilotar ou não. Fiz meu pedido etc.

Demorei a me recuperar da ignóbil vacina que me deixou doente como um cão.

Estou no meu quarto agora, onde acabei de tomar um banho. Única hora de pausa e tão curta, o trajeto comendo todo o tempo.

Escreva-me com frequência. Se soubesse quanto repouso me dão as cartas! Se eu pudesse receber todos os dias uma carta de Saint-Maurice! Revezem-se.

Não pude ir a Paris. Devia ter procurado os livros lá, mas fizeram-nos vir de outra forma. Paciência.

Seu dinheiro não chegou ainda. Será que está perdido ou ainda não foi enviado? Tinha me dito na última quarta, há quatro dias. Não tenho mais um tostão.

Estou muito triste porque não tenho fósforos em frente ao meu fogareiro a álcool e não posso fazer chá.

Estão pedindo voluntários para o Marrocos. Os pedidos serão aceitos em dois meses, ou três semanas. Se eu não pilotar, vou pedir. Ao menos terei Sabran.

Continuo, com o pouco tempo que tenho, a preparar minhas aulas que começam dia 26 [...].

Só tenho dez minutos antes de sair. É bom não chegar atrasado... Senão vou para a sala da polícia.

Para Pentecostes, espero conseguir 48 horas de licença para ir a Paris. Digo Paris porque Saint-Maurice me toma, ida e volta, pelo menos 30 horas de viagem, enquanto espero poder ir de *avião* para Paris. Duas horas e meia. Você estará lá, por causa de Biche, nessa época?

Vai a Paris, então?

Um beijo, despeço-me com todo amor.

Respeitosamente, seu filho,

Antoine

Didi me prometeu uma encomenda? (uma *galette*[45] dentro também...) Não se esqueça do mandato *esta manhã* (para o quartel; vale postal).

31 [ESTRASBURGO, MAIO DE 1921]

Minha querida mamãe,

Acabo de ver o capitão de *Billy*, que foi encantador e que, ocupado com todos os preparativos que fazemos aqui em caso de alerta, encarrega-me de responder-lhe.

Ele acha boa a minha ideia de brevê civil, mas quer antes que:

1º Eu me apresente *amanhã* para as inspeções médicas;

2º Fale com o comandante para informações sobre o assunto da companhia civil etc.

Tenho esperanças de que vai dar certo e então lhe avisarei.

Acabo de descer de um Spad-Herbemont, completamente revirado. Minhas noções de espaço, de distância, de direção se apagaram lá em cima na mais pura incoerência. Quando eu procurava o chão, às vezes olhava para baixo, às vezes para cima, à esquerda e à direita. Achava que estava nas alturas e bruscamente era rebaixado até o solo por um parafuso vertical. Quando pensava estar bem baixo, era puxado a mil metros

---

45 Tipo de panqueca muito consumida entre os franceses. (N. E.)

em dois minutos pelos 500 cavalos do motor. A coisa dançava, oscilava, rodava... Ahhh!

Amanhã, subo com o mesmo piloto e a 5 mil metros de altitude, bem acima do mar e das nuvens. Vamos travar um combate aéreo com outro aparelho pilotado por outro amigo. Então os parafusos, os *loopings*, as reviravoltas vão me arrancar do estômago todos os almoços do ano.

Ainda não sou artilheiro e é graças às relações que fiz que subo. Ontem, soprava um vento de tempestade e chovia uma chuva pontiaguda que espetava o rosto a 280 e 300 quilômetros por hora.

Independentemente do brevê civil, penso em começar dia 9 meus estudos de artilheiro.

Ontem, grande revista dos aparelhos de caça.

Os Spads de um só lugar, minúsculos e bem lustrosos. Alinhados ao longo dos hangares com pequenas e belas metralhadoras novas no cume – pois há dez dias estão montando as metralhadoras – os Hariots, bólides barrigudos, e os Spads-Herbemont, os reis do momento, ao lado dos quais nenhum avião existe, o ar malvado com seu perfil de asa como uma sobrancelha franzida...

Você não imagina como um Spad-Herbemont parece malvado e cruel. É um avião terrível. É isso que eu gostaria de pilotar com paixão. Ele plana no ar como um tubarão na água e parece mesmo um tubarão! Mesmo corpo bizarro e liso. Mesma evolução suave e rápida. Ele se mantém no ar, vertical sobre as asas.

Enfim, vivo em um grande entusiasmo, e seria uma decepção amarga ser reprovado amanhã em meu exame físico.

[*desenho*]

Este quadro de uma arte sóbria representa o combate aéreo de amanhã.

Vendo esse alinhamento de aviões, ouvindo roncar todos os motores funcionando, respirando esse cheiro bom de gasolina, fico pensando: "Os boches pagarão".

Adeus, mamãe querida, beijos de todo o meu coração.

Respeitosamente, seu filho,

Antoine

32 ESTRASBURGO, 1921.

Mamãe querida,

Recebi seu telegrama ontem. Escrevi-lhe contando como tudo foi oficialmente arranjado pelo capitão.

Acabo de passar por duas inspeções médicas e fui avaliado *apto* para servir como piloto.

Espero a autorização militar que vai chegar a qualquer hora. Você poderia vir AMANHÃ À NOITE, em vez de quinta-feira, para me trazer os 1500 francos, dos quais mil você depositará no banco?

Mamãe, se soubesse – como aumenta – o irresistível desejo que tenho de pilotar. Se eu não conseguir, serei *muito* infeliz, mas conseguirei.

Três soluções:

1º Aceitar um alistamento por um ano ou mais;

2º O Marrocos;

3º O brevê civil.

Vou usar uma das três, pois agora que tenho meu certificado, pilotarei.

Apenas as duas primeiras têm inconvenientes e, com o capitão, decidimos que a terceira era luminosa. Em posse do brevê civil, consigo por *direito* o brevê militar, sem precisar me alistar.

Seu telegrama me perturba – evidentemente, é de você que depende tudo isso, por conta das custas das despesas civis –, a menos que eu faça um empréstimo, o que não quero. Parece que quer ir contra minha decisão! Diga-me, você não vai fazer isso? Tudo está arranjado, o comandante está encarregado do caso. Depois da sua carta, o capitão teria aprovado, se fosse absurdo? Não é verdade, mamãe?

Se não acontecer dessa forma, terei que me alistar; prefiro três anos assim que dois nessa vida embrutecedora.

Mas não seria inteligente fazer isso, já que tenho essa outra solução.

Mamãe, suplico que me mande hoje o pagamento ou que venha amanhã em vez de sexta.

E depois, ficaria tão contente em vê-la, não é, mamãe? Apenas não deve me encher de reclamações. Tudo isso é urgente, sabe, e já perdi muito tempo.

Estou confiante, apesar do telegrama, não é?

Beijos de todo o meu coração.

Respeitosamente, seu filho.

Antoine

33 [ESTRASBURGO, MAIO DE 1921]

Minha querida mamãe,

De guarda no quartel ontem, não pude responder a seu telegrama.

Regra geral: só posso telegrafar com dificuldade, a menos que tenha um motivo muito sério (então recorro ao vagomestre), pois o quartel não fica em Estrasburgo e saímos sempre muito tarde.

Recebi sua carta e o vale de pagamento que tinha se perdido no quartel, já que tinham errado meu nome quando assinalaram a chegada. Sem a encomenda de Didi eu não o teria ainda (ela possibilitou corrigir meu nome).

Eu *pensei, questionei, discuti.* Se eu quiser fazer alguma coisa durante estes dois anos, só tenho essa solução. Resta-me, no fim das contas, meia hora livre por noite. Como quer que eu, exausto pelos exercícios, trabalhe? Ou que eu organize para mim uma vida qualquer. Assumi *todos* os compromissos com a Compagnie Transaérienne de l'Est (civil), com assinatura etc. Tudo está em ordem. Começo na *quarta* meu aprendizado. Durará cerca de três semanas ou um mês. Encontrarei você em Paris nesse tempo. [...]

Baseando-se em um aprendizado de cem voos, o que é muito (qualquer que seja o número de voos custa 2 mil francos).

Começo na *quarta-feira.* Estou definitivamente decidido, pois não me interessa nem um pouco ser artilheiro com um piloto qualquer e, por outro lado, quero poder fazer alguma coisa.

Poderia me enviar (para o quartel) amanhã, domingo, 1500 francos, dos quais mil para a caução que retiro depois do brevê, ou que você mesma retira, e 500 para a primeira quarta parte do pagamento.

Estou aprendendo em um Farman extremamente *lento,* onde foi instalado um duplo comando para evitar que eu começasse com seus duplos comandos Sop (aviões rápidos).

Eu juro que não é preciso se preocupar. Dentro de três semanas não saio do duplo comando e, como eu voo quase todos os dias em aviões militares – hoje por exemplo –, isso não muda nada.

Você me disse em sua carta para só tomar uma decisão *madura*; juro que ela o é. Não tenho nenhum minuto a perder, por isso a pressa.

Começo de toda forma na quarta, mas gostaria de ter o dinheiro na terça para não ficar em uma situação embaraçosa, constrangedora, quero dizer, em relação à companhia.

Mamãe, eu lhe suplico que não fale disso com *ninguém* e que me envie o dinheiro. Eu lhe devolverei aos poucos com meu soldo que o recuperará. Além disso, como piloto militar, terei centenas de facilidades para os concursos militares de alunos oficiais. Então faça isso hoje, ficarei tão *agradecido*, sim, mamãe?

Fico triste algumas vezes à noite. Você deveria passar pelo menos uma vez por Estrasburgo. Estou um pouco sufocado com essa situação. Não tenho perspectivas. Quero uma ocupação que me agrade, temo estar perdendo tempo.

Venha aqui uma vez. A viagem lhe custará 80 francos e poderá dormir no meu quarto.

Escreva-me. As cartas significam tanto. [...] Perdoe-me se tenho apenas alguns segundos para escrever ilegivelmente!

Não se assuste com as *gripes*; não tem em Estrasburgo.

Um beijo, com amor.

Respeitosamente, seu filho.

Antoine

Poderia escrever esta manhã a M. Marchand para me enviar com *urgência* os 1500 francos. Já assumi todos os compromissos.

34 [ESTRASBURGO, JUNHO DE 1921]

Minha mamãezinha,

Mas eu lhe escrevi uma carta de quase dez páginas!

Você não a recebeu? Eu a escrevi em uma noite de guarda – perto de um riacho – à luz do luar. (Arrisquei o Conselho de Guerra para escrevê--la... sentado durante a noite montando guarda...)

Eu também não sabia de *nada*. Não sabia nem que Monot estava em Paris. Ignoro ainda o que ela faz lá – completamente. Tenho uma impressão de solidão aqui.

E depois, para completar, Didi doente. Queria muito ter notícias. Na verdade, tudo está muito triste.

Mesmo assim, mamãe, o que Monot está fazendo em Paris, onde está hospedada etc... Não sei de *nada*.

Mamãe, releio sua carta. Você parecia tão triste e tão cansada – e ainda reprova meu silêncio – Mamãe! Mas eu escrevi. Você me parece triste e isso me dá uma melancolia.

Estou bem. Nada de especial. Como o regime, ou melhor, metade da companhia se levantou em motim estupidamente, as licenças, entre outras coisas, estão suspensas. Assim que eu puder, irei visitá-la, mas quando?

Estou triste com sua carta, que é como um nevoeiro em torno de mim. Fora isso, tudo está mais ou menos bem. Acabo de inventar um conta-giros, que um suboficial, gênio da relojoaria, vai construir para mim. Vamos ver o que vai dar na prática.

Estou acabando os últimos cálculos.

Mamãe, até logo. Um beijo, com amor, minha mamãezinha. Escreva-me uma carta menos triste.

Um beijo, com amor.

Respeitosamente, seu filho.

Antoine

Poderia enviar *hoje* minha pensão? Tinha lhe pedido na última carta e estou há uma semana sem dinheiro nenhum.

Tinha também pedido para me enviar de Lyon os seguintes livros:

1º Um curso *detalhado* de aerodinâmica (em um ou vários volumes) apropriado para engenheiro.

2º Um curso detalhado sobre *motor* a explosão.

O mais rápido que puder, estou preocupado por não tê-los ainda.

Isso não vai atrapalhá-la, não é, mamãe?

Antoine

(Na Rue de la Charité, por exemplo, tem uma grande livraria. Mas eu quero um livro científico.)

35 [ESTRASBURGO, 1921]

Minha querida mamãe,

Muito obrigado pela sua carta. Eu já havia acusado o recebimento, mas em Paris – e isso *no mesmo dia*, no hotel de Lyon. Você tinha deixado lá o seu endereço?

Finalmente, fez bem em ver todas essas pessoas... Instinto materno!

Paralelamente às minhas aulas civis de piloto, estou fazendo aulas militares de artilheiro, em aviões Hanriot. Quando eu tiver meu brevê de artilheiro observador, serei promovido a cabo.

Quase consegui ir para *Constantinopla*. Pediram voluntários para *amanhã*. Mas pensei que como mecânico não seria o meu sonho e esperarei meu duplo brevê... Constantinopla, e de graça! É único. O que me deteve também foi saber que *talvez* nosso regimento seja transferido para Lyon. Ficarei então a dez minutos de Saint-Maurice.

M'sieur l'curé cirez vos bottes
Pour monter en a-vi-on.[46]

Se sim, ele pode começar a dançar, o padre. Vamos rir! Se não, vou tratar de conseguir, de graça, uma viagem que seja um poema.

Estou dormindo nestes últimos dias sobre a palha úmida das celas. A sala da polícia é em um porão. A lua desbotada e o guarda lívido espreitam pela vigia. Alguns homens estranhos, encarcerados há semanas, cantam músicas bizarras dos subúrbios e das usinas. Músicas tão tristes que pensamos ouvir soar as sirenes dos navios. Nos iluminamos com velas que assopramos sem o menor barulho.

Só fico ali à noite e nas horas de repouso. Não é tão ruim e castiga de uma maneira bem suave minha ausência de um minuto na tarefa de descascar batatas.

Desde o fim dos exercícios, mudei de suboficial, de sargento e de cabo. Os de agora são bestas completas que me fazem passar horas nauseabundas e gritam sem parar, por puro prazer.

---

46 "Senhor vigário lustre as botas/ Para subir no avião." Refere-se ao refrão de uma cantiga popular cantada por Antoine e suas irmãs quando crianças para receber o vigário em Saint-Maurice.

Em quinze dias, verei novamente Estrasburgo, a França, meu quarto, as vitrines das lojas. Escreva-me com frequência!

Como está Mimma, Saint-Maurice, tudo? Finalmente estou contente que tenha visto o abade Sudour.[47] Gostaria que você conseguisse minha ficha judiciária para lhe enviar – (Rua Delambre, 22). Agradeço de todo o meu coração.

Pierre d'Agay me enviou o endereço de alguém para ver. Irei assim que terminarem minha cadeia e minha sala de polícia.

É impossível enviar para você um telegrama como resposta. Além disso, é impossível quando saímos, sendo que é muito tarde e os estabelecimentos estão fechados.

Até logo, mamãe querida, despeço-me e mando um beijo de todo o meu coração, com muito amor.

Respeitosamente, seu filho,

Antoine

36 [ESTRASBURGO, JUNHO DE 1921]

Minha mamãezinha,

Eu gostaria que você viesse segunda, porque temo não ter tempo depois do meu brevê, ainda mais que é de *Estrasburgo* que eu preciso partir para Marseille.

O que poderemos fazer é, se nos sobrar um dia ou dois, ir passá-los em Paris, de avião, e rever Monot. Esperando, como tenho muito tempo livre, podemos visitar a Alsácia.

Gostaria de fazer amanhã, ou depois de amanhã, o meu primeiro voo sozinho. Depois o brevê vai chegar rápido.

Recebi o dinheiro e os livros. Agradeço muito, mamãe. Estou me vestindo como civil. Espero não ser flagrado. Na verdade vivo fechado no meu quarto, onde fumo e bebo chá. Tenho sonhado muito com você e me lembro de um monte de coisas de quando era criança. Isso me entristece o coração por muitas vezes tê-la decepcionado.

---

47 Diretor da escola Bossuet e grande amigo de Antoine.

Eu acho você tão preciosa, se você soubesse, mamãe, e a mais sutil de todas as "mamães" que eu conheço. E você merece tanto ser feliz e também não ter um meninão confuso que reclama e se irrita todo o dia. Não é verdade, mamãe?

Gostaria de lhe dedicar toda a minha noite, e escrever-lhe por muito, muito tempo. Só que está tão quente que não consigo continuar. E apesar de estar tarde, não tem ar para respirar na janela. Isso é um sofrimento. O que será de mim em Marrocos?

Imagine que no meu dormitório tinha um magricela natural de Villars-les-Dombes que, quando está com saudade da sua terra, canta... *Fausto* ou *Madame Butterfly*. Há alguma ópera em Villars-les-Dombes?

Gostaria de ver a frase do rei: "Madame, está um vento forte e eu matei seis lobos". Havia também um forte vento esta manhã. Mas eu gosto disso, do vento, e – no avião – da luta, do duelo com a tempestade. Mas eu não sou um parceiro à altura. Meu voo é nas manhãs clementes e suaves, aterrissamos sobre o orvalho, e meu monitor, com o coração idílico, colhe margaridas para "Ela". Depois ele senta sobre o eixo das rodas e prova do mundo uma visão tranquila.

Conheci aqui um colega de comportamento ilustre. François Premier ou Dom Quixote, com certeza. Não ousava forçar seu anonimato, mas mantinha a minha alta estima. Eu me sentia pequeno, pequeno...

Ele me honrou dignando-se a ir, na minha casa, tomar chá. Falou de filosofia com todo o peso de seu nariz Bourbon. Exprimiu sobre a música e sobre a poesia verdades muito belas. Ele voltou três vezes em três dias e teve a indulgência de achar excelente meu chá, excelentes meus cigarros, e eu dizia a mim mesmo: "Será um grande senhor? (Seus gestos eram lentos e seguros) ou um grande cavaleiro? (Ele tinha um olhar muito nobre e fiel). Resumindo: François Premier ou Dom Quixote?"

Isso me intrigava, gostaria de ter a resposta. Mas ele me impunha respeito: com as pernas escarranchadas sobre a cadeira, tinha tanta dignidade! Outro dia veio Dom Quixote, que me mostrou longamente seus projetos – belos mas custosos. – François Premier o seguiu e me pediu cem francos emprestados...

Nunca mais eles voltaram...

O *Crepúsculo dos deuses*, dizia Anatole France!

Mamãe, já é quase noite e eu estou com calor...

Beijos, com amor.

Respeitosamente seu filho,

Antoine

Recebi os dois pagamentos. Obrigado. E os livros também.

37 [ESTRASBURGO, JUNHO DE 1921]

Mamãe querida,

O ministério comunica:

"Medidas estão sendo tomadas com vistas a adiar por quinze dias o embarque do soldado de Saint-Exupéry para permitir-lhe terminar seu brevê."

Seu eu tiver tempo, sigo caminho para Saint-Maurice, mas não ouso lhe prometer. Antes de acelerar sua hélice a 2 mil, é preciso certo conhecimento, é sempre desagradável aterrissar sobre um telhado...

Os Montandon foram acolhedores comigo. O sr. Montandon é muito simpático. Gosto muito desse tipo de pessoa. Ele pesca com anzol, com muita convicção... por pouco não o acompanhei em suas caminhadas. Sem ele, eu ainda não teria recebido seu cheque. [...].

Os Borel[48] me acolheram com tanta simplicidade e afeição – mesmo sem me conhecerem, nem a mim, nem minha família (no máximo a tia Mad) –, que lhes devo uma gratidão generosa.

Infelizmente eles foram embora, a sra. e suas "srtas.". Terão no sul (Toulouse) um calor suave.

Nada de novo. Passeios pelo cais Kellermann, cuja água verde parece cada vez mais de chumbo, de tanto calor. Parafusos e *loopings* em Herbemont seguidos de inevitáveis enjoos (mas começo a me acostumar com essas acrobacias difíceis). – Pilotagem do tipo "pai de família" em um Farman quando nenhuma folha se mexe e o motor se digna a girar. Curvas prudentes e majestosas. Aterrissagens cheias de delicadeza e abandono – nem parafusos nem *loopings*. – Mas espere quando eu pilotar – o Herbermont – no lugar de ser um eterno passageiro... ah! Que avião!

---

48 Amigos de Pierre d'Agay, futuro marido de Gabrielle de Saint-Exupéry.

Quanto ao Farman, está tudo relativamente bem, tenho o aparelho nas mãos.

Jogo raramente xadrez e bebo chopes. Estou virando um burguês barrigudo. Voltarei para casa como um alsaciano gordo. Já tenho até sotaque. Estou aprendendo a língua para ser gentil com você.

Para que procurar nos museus uma emoção artística qualquer? Com uma suave teimosia eu me obstino a julgar as coisas de um ponto de vista calorífico. – O *Dix-Huitième* rosa e repleto me causa horror... digo pra mim mesmo: "Como eles parecem todos estar com calor". Litografias do mar de Gelo, somente, me comovem um pouco – e os campos da Rússia.

Oh! O Marrocos...

Eu estou bastante entediado. Meu parceiro de xadrez se tornou idiota por causa do calor, ganha porque não consegue ver as armadilhas que eu lhe faço: isso me envergonha.

Vou despedir-me para tomar um banho aconchegante.

Acabo de receber seu pagamento. Vou ficar ainda 18 dias aqui e devo o meu quarto desse mês – mesmo se vá ou se fique. Há também algumas lavagens de roupa.

Partindo *como piloto* para Rabat, estou contente. O deserto visto do avião deve ser sublime.

Despeço-me e lhe mando beijos, também para tia Laura, as primas, as irmãs.

Respeitosamente, o seu filho,

Antoine

38 [CASABLANCA, 1921][49]

Minha querida mamãe,

Recebi, ao mesmo tempo, uma carta sua do dia 1º pelo correio, e uma carta do dia 7 por avião. Será que você não iria se entediar de me escrever sempre assim?

Ah, você já está em Saint-Maurice. Deus sabe quando voltarei a ver

---

49 Neste ano, em agosto, Antoine foi transferido para o 37º Regimento de Aviação, próximo a Casablanca. Apenas em dezembro obteve o seu brevê de piloto militar.

esta querida construção. Já cansei de Casablanca. Você acha que alimenta o pensamento ver 13 pedras e dez tufos de vegetação? Só é bom nos romances. Na verdade, isso embrutece. Não se pensa em nada, nada. Um trabalho cerebral de duas ou três horas mal causa um resultado nessas reflexões profundas. "Você acha que logo vão chamar para sopa?" (Silêncio de duas horas.) Em seguida: "Hoje pela manhã meu avião precisava ser puxado pela boca, como um animal, para impedi-lo de picar". Ou ainda: "Que tédio". (Silêncio definitivo, carregado de pensamentos.)

Tenho alguns colegas pilotos completamente indiferentes. Eles só são simpáticos comigo à noite, durante o jantar. Uma imensa barraca vazia é o nosso refeitório, e pobres velinhas clareiam com dificuldade os semblantes fechados e vermelhos, imagens de conquistadores ou de bandidos em sua caverna, isso por causa dos reflexos da terra que é sanguínea. Parece um Rembrandt, eu juro.

Durante o dia, nenhum relevo por causa de um sol estúpido sobre coisas que não o merecem. Grande impressão de imbecilidade. Serenidade de imbecilidade.

[...] Penso em vocês todos. Diche, eu amo essa menina preciosa. Gostaria que ela me escrevesse sempre.

Vou partir provavelmente em esquadrilha para as operações de inverno ou de primavera, com um sargento que segue seu treinamento comigo e fez seu primeiro curativo em Robert de Curel, o irmão da amiga de Monot. Além disso, ele já quebrou um aparelho, eu ainda não.

Só tem uma coisa que me agrada aqui, é o nascer do sol. Ele se desenrola teatralmente. Primeiro, sai da noite um gigantesco cenário de nuvens violetas e negras que se situam e se instalam no horizonte. Depois, a luz sobe atrás de uma rampa negra revelando um segundo plano, todo repleto de claridades. Então, sobe o sol. Um sol vermelho, vermelho como eu nunca vi. Depois de alguns minutos de subida, ele desaparece atrás de um fundo caótico. Parece ter atravessado uma caverna.

Encontrei aqui o *Le Retour* e, morrendo de rir, revivi nossa noite no Athénée. Mamãezinha, você deveria comprá-lo, rimos sozinhos bem alto, e o fato de ter visto a representação ajuda a imaginação.

Mamãe, se você me der a autorização para a Escola Universal, escreverei eu mesmo por causa de vários detalhes que preciso dar. Seria o programa de "engenheiro aviador". É impossível fazer arquitetura ou desenho aqui.

Poderia também me enviar os três primeiros volumes do curso de aeronáutica de Brauzzi, de quem você já me enviou o quarto volume?

Estão me fazendo voar muito ultimamente. Tenho seis aterrissagens, em média, durante a manhã. A partir das oito horas da manhã, chacoalha muito, é cansativo. Também voamos sempre muito cedo, mal o horizonte clareia.

Despeço-me com um beijo de todo o meu coração, com amor.

Escreva-me sempre, contando quem está em Saint-Maurice e como vai a doce Mimma, e as danças novas dançadas por Moisi, a quem mando beijos um milhão de vezes.

Respeitosamente, seu filho,

Antoine
Piloto do 37º de Aviação
Casablanca

Marrocos Casablanca em uma só palavra, mamãe!

Vou procurar para Mimma fotos de paisagens.

39 [CASABLANCA, 1921]

Minha mamãezinha,

Recebi todos os tipos de tesouro – cartas e leite – tudo isso me iluminou o coração.

Domingo passado fiz algumas fotos com o aparelho de um colega. Envio-lhe o mar e as poucas árvores da redondeza: grandes cactos tristes. Meu perfil também, sobre um rochedo. Gostou delas? Didi seria feliz aqui. Há uma grande quantidade de infames cães amarelos. Eles vagam pelos vilarejos em fila indiana, estúpidos e malvados.

Se não fossem eles eu me aventuraria a ir perto dos *douars*[50] de palha e de lama que são cercados por um pobre muro em ruínas. À noite é possível ver os velhos altos e pequenas mulheres enrugadas. Eles se destacam em preto em meio a um céu vermelho e tornam-se decrépitos lentamente como os seus muros. Os cachorros amarelos uivam. Os camelos

---

50 Agrupamento de tendas árabes nômades ou fixas.

concentrados mastigam pedregulhos, e horríveis burrinhos sonham. Daria para tirar belas fotos e, no entanto, nem se compara às pequenas aldeias vermelhas do Ain, onde havia charretes de feno, vegetação verde e muitas vacas familiares.

Primeiras chuvas. Um riacho pequeno escorre sob o seu nariz enquanto se faz a sesta. O céu rola, lá fora, icebergs de nuvens. A barraca aberta ao vento tem gemidos de navio, e como a chuva formou grandes lagos em torno dela, parece a Arca de Noé.

Dentro, todos silenciosos se enfiam em seus mosqueteiros brancos, parece que estamos em um pensionato de moças. Acabamos nos acostumando com essa ideia, sentimo-nos tímidos e graciosos, quando pesados palavrões nos acordam. Respondemos com outros palavrões sonoros, e os pequenos mosqueteiros brancos estremecem apavorados.

Escrevi para a Escola Universal, obrigado pela autorização. Poderia pensar em me enviar para o dia primeiro minha pensão? Conto conseguir uma licença para a cidade de Fez. Isso vai me distrair.

Até logo, mamãe querida. Um beijo, com amor.

Respeitosamente, seu filho,

Antoine

40 [CASABLANCA, 1921]

Mamãezinha,

Estou recebendo sua encomenda com suas meias e um suéter de veludo que deixa a brisa da manhã suave e clementes os 2 mil metros de altitude. Ele aquece como o amor maternal do qual é uma emanação.

Não sei o que me acontece: desenho o dia todo, e assim as horas me parecem mais curtas.

Descobri para que existo: o lápis de carvão Conté. Comprei cadernos de desenho onde exprimo como posso os fatos e os gestos do dia, o sorriso dos meus colegas ou a indiscrição do cachorro Black, que levanta as patas para ver o que estou rabiscando.

Black, meu cachorro, fique quieto.

Quando eu tiver terminado meu primeiro caderno eu lhe envio, mas com a condição – oh mamãe – que me mande de volta...

Choveu. Ah, mas de verdade! Fazia um barulho de torrente. A água reencontrou imediatamente seu caminho centenário nas fissuras de nosso teto, ela escorreu entre as tábuas, que os administradores piedosamente evitam juntar, e nosso sono se povoou de sonhos magníficos, porque a água nos escorria na boca como o vinho do país da Cocanha. Decididamente, seu pulôver é excelentemente quente. Graças a ele, tenho uma aparência de bem-estar e um ar fátuo que me encanta.

Ontem fui a Casablanca. Primeiro passeei minha solidão nas ruas árabes, onde ela é menos pesada, porque só se pode passar um por vez.

Pechinchei os tesouros dos judeus de barba branca. Eles envelhecem em meio a babuchas douradas e cintos de prata, sentados com as pernas cruzadas, incensados pelos salamaleques de seus clientes multicoloridos: que destino mais fantástico!

Vi passando um assassino pelas ruelas. Enchiam-lhe de pancadas para que gritasse seus crimes aos comerciantes judeus sérios e às pequenas muçulmanas encobertas. Tinha os ombros deslocados e o crânio afundado. Era muito edificante e moral. Estava vermelho de sangue. Em torno dele, gritavam seus carrascos. Todos os panos que usavam se agitavam, gritando com violência sua cor. Era bárbaro, era esplêndido. As pequenas babuchas douradas não se emocionaram, nem os cintos de prata. Algumas de tão pequenas que eram precisariam esperar por muito tempo sua cinderela, outras tão ricas que só conviriam a uma fada... Meu Deus, tão bonitos pezinhos ela deveria ter. Então, enquanto a pequena babucha me contava seus sonhos – babuchas douradas precisam de degraus de mosaico –, uma desconhecida com rosto encoberto as negociou e as levou. Vi somente seus dois olhos imensos... Desejo, oh babuchas douradas, que ela seja a mais jovem das princesas e viva em um jardim cheio de fontes charmosas.

Mas tenho medo. Imagino que charmosas jovens são forçadas a se casar, por maldade de tios mesquinhos, com um horroroso homem estúpido e feio.

Cale-se, meu cachorro Black, você não entende nada disso.

Minha mamãezinha, sente-se debaixo de uma macieira em flor, já que nos disseram que na França está florescendo. E olhe bem em volta, por mim. Deve estar verde e charmoso e tem relva... Sinto falta do verde, o verde é um alimento moral, o verde entretém a suavidade das maneiras e a tranquilidade da alma. Suprima essa cor da sua vida e se tornará logo seco e mau. As feras têm esse caráter sombrio unicamente por não viverem livres nos prados. Eu, quando encontro um arbusto, arranco algumas folhas e enfio no bolso. Depois, no dormitório, olho-as com amor, girando-as bem devagar. Isso me faz bem. Gostaria de rever seu país, onde tudo está verde.

Minha mamãezinha, você não imagina o quanto é reconfortante um simples prado, muito menos o que há de pungente em um fonógrafo.

Sim, ele está tocando neste momento, e juro que fazem sofrer essas velhas árias. São muito suaves, muito ternas, nós as ouvimos muito aí. Elas vêm como uma obsessão. As árias alegres têm uma ironia cruel. Esses trechos musicais são emocionantes. Fecho os olhos, sem querer – dança popular: vejo velhos baús de Bresse, um *parquet* encerado... Ou Manon... É engraçado, quando ouvimos essas músicas, sentimos um ódio como o mendigo que observa os ricos passarem. Toda essa música é uma evocação da felicidade.

E, depois, tem as árias que consolam...

Oh meu caro Black, pare de latir: não escuto mais nada.

Você não sabe o que é, mamãe.

Um beijo, minha mamãezinha, com toda a minha ternura. Mamãezinha, escreva-me logo e com frequência.

Respeitosamente, seu filho,

Antoine

41 [CASABLANCA, 1921]

Mamãezinha,

Não recebo notícias suas há muito tempo. Eu lhe suplico, escreva-me!

Mamãezinha, o que está acontecendo com você aí? Penso em você sempre. Gostaria de ver seus quadros novos, tenho certeza. Imagino seus passeios, fim de tarde, e adoraria acompanhá-la.

Li algo excelente na revista semanal que lhe envio, *Minha filha e eu*. Você vai gostar.

Mamãe, este artigo me entristeceu o coração. Você fez tanto por nós e muitas vezes a reconheci tão mal. Fui egoísta e desastrado. Não fui o apoio do qual você precisou. Parece que cada dia aprendo um pouco a conhecê-la e a amá-la melhor. É verdade, a "mamãe" é o verdadeiro refúgio dos pobres homens. Mas por que não me escreve mais? É injusto esperar tão impacientemente o barco e não receber nada.

Fiz seis aterrissagens esta manhã que estimo como obras-primas... teoricamente, faço um trajeto determinado, mas cada vez que me aventuro um pouco mais longe fico gazeando.

Vou supervisionar a construção de duas mansões que, pela manhã, são cor-de-rosa ao nascer do sol. Cem metros de altura apenas. Faço também belas curvas sobre uma casa azul, seu jardim e seu poço. Parece um pequeno oásis. Espero as sultanas das mil e uma noites que vêm tirar a bela água verde, mas a essa hora todos dormem...

Então, com um sonho na cabeça, retomo altura para ficar sozinho. Diante de mim, o mar embala os longos barcos e se mistura ao horizonte com a névoa. Uma curva; Casablanca: pequenas pedras brancas semeadas sobre a terra vermelha. Como casinha de boneca, essa cidade. Uma curva: o campo de pouso e suas tendas, minúsculas e encantadoras... Corto, mergulho. Longa descida que faz tremer as cordas e os cabos. Aterrisso. Decepção cruel: um horrível presídio. Cinco minutos de intervalo e acelero a todo vapor meu bom e velho motor e retomo o voo.

[...] Estou muito bem, em se tratando da saúde. Queria apenas receber suas cartas com mais frequência! Levam cinco ou seis dias de avião. Escreva-me sempre assim, não é difícil escrever "de Toulouse, via avião" e colar um selo de um franco!

Um beijo para todos e para Moisi.[51] Envie-me fotos, envie-me cartas, envie-me qualquer coisa, mas envie-me alguma coisa!

Beijos de todo o coração.

Respeitosamente, seu filho,

Antoine

---

51 Governanta de Antoine.

42 [CASABLANCA, 1921]

Mamãezinha,

Como pode me deixar tanto tempo sem notícias, você que sabe tão bem que tortura é isso.

Não recebo *nenhuma* carta há 15 dias! Mamãe!

Passo meu tempo a imaginar coisas sinistras e fico infeliz. Mamãe, a carta é tudo para mim. Nem Didi, nem ninguém me escreve mais. Aqui, onde tenho mais tempo de pensar em você, sofro mais com essa solidão.

Não tenho mais nenhum centavo. Tive que passar oito dias em Rabat para os exames de E.O.R.[52] Não faço questão de passar. A vida na esquadrilha é uma vida que me encantará. Não quero me embrutecer durante um ano numa escola sinistra de teoria militar. Não tenho alma de sargento. Não considero interessante esse trabalho mecânico e insípido.

Ter conhecido apenas Casablanca me deixaria desolado, não valeria a pena ter vindo para o Marrocos. Se eu passar, vou desistir. Volto a estudar arquitetura etc., na escola seria o fim.

Mas tentarei obter uma licença de um mês, pois estou sedento para rever todos vocês – e como!

Estes oito dias em Rabat foram encantadores. Encontrei lá, naturalmente, Sabran e um colega do Saint-Louis. Enfim, conheci também dois jovens agradáveis que vieram fazer os E.O.R., filhos de médicos, letrados e muito bem-educados, e um capitão que morou em Lyon, e nos convidou os cinco para jantar: Sabran, o colega de Saint-Louis, os dois jovens e eu. Homem encantador. Um verdadeiro camarada e também músico, artista... Ele tem uma pequena casa branca entre as casas brancas de Rabat. Parece que passeamos pelo polo, sobre a neve, tanto essa parte da cidade árabe se torna algodoada ao luar. Que noite excelente!

Rabat neste momento era a coisa mais admirável do mundo. Comecei a compreender lá o Marrocos. Intermináveis passeios nas ruas populares, fervilhantes de luz – oh, se eu soubesse pintar aquarelas, quanta cor, quanta cor, é feérico se sabemos olhar. Passeios intermináveis nas

---

52 Élève-Officier de Réserve (aluno oficial de reserva) é um futuro oficial do exército francês.

ruas ricas: sozinhas nas passagens estreitas se abrem pesadas portas misteriosas. Nada de janelas... de quando em quando, uma fonte e burrinhos que bebem.

Desde meu retorno, não me entedio mais: faço minhas primeiras viagens aéreas. Trezentos quilômetros esta manhã: Ber-Rechid-Rabat-Casablanca. Do alto, revi minha cidade querida... Ela é maravilhosamente branca e tranquila, Ber-Rechid é um terrível povoado em direção ao sul.

Amanhã de manhã, ainda tenho mais trezentos quilômetros. As tardes passamos dormindo, devido ao cansaço.

Depois de amanhã, grande viagem para o sul. Vou a Kasbah-Tadla. Para chegar lá, quase três horas de voo (isso significa quilômetros), o mesmo tanto para voltar, é claro. Que solidão vai ser... Espero com impaciência.

Esta noite, à luz tranquila de uma lâmpada, aprendi a me orientar com uma bússola. Sobre a mesa, os mapas desdobrados, o sargento Boileau explica: "[...] Quando chegarem aqui (e nossas cabeças estudiosas se inclinam sobre as linhas embaralhadas) vão caminhar 45 graus a oeste [...] Ali, uma aldeia, vocês vão deixá-la à direita, não se esqueçam de corrigir a deriva do vento com o ponteiro móvel, sobre a bússola [...]" Sonho... Ele me desperta: "Preste atenção [...] agora, 180 graus a oeste, a menos que você prefira cortar por aqui [...] mas tem menos pontos de referência, veja, essa estrada aqui se vê bem [...]".

O sargento Boileau me ofereceu chá. Bebo aos pequenos goles. Imagino que, se me perco, aterrisso entre os rebeldes. Quantas vezes esperei para dizer isto: "Se, ao saltar do seu avião, você se encontrar diante de uma mulher, beije-a no peito, então será considerado sagrado, ela será considerada sua mãe, vão te dar bois, um camelo e vão te casar. É a única maneira de salvar sua vida".

Minha viagem é ainda muito simples para que espere tais imprevistos. Não impede, eu sonho esta noite. Queria fazer parte de longas missões no deserto...

Como eu gostaria de levá-la em meu avião.

Despeço-me, mamãe querida. *Escreva-me, por favor*. Poderia também me enviar uma ordem telegráfica se possível de 500 francos para este mês apenas, *por causa dos deslocamentos*. Meus últimos tostões se foram com os selos. Pedirei emprestado para amanhã e depois de amanhã algum dinheiro, se eu encontrar.

Mando beijos tão carinhosos como quando era um menino de nada que puxava uma cadeirinha verde..., mamãe!

Última hora. Acabo de chegar de minha viagem a Kasbah-Tadla. Nenhuma falha de motor, nenhum imprevisto. Fiquei encantado, escreverei dando detalhes.

Antoine

43 [RABAT, 1921]

Mamãezinha,

Escrevo-lhe de um adorável salãozinho mouro, afundado em grossas almofadas, uma xícara de chá na minha frente e um cigarro na boca. Sabran toca piano – Debussy ou Ravel – e outros amigos jogam uma partida de *bridge*...

É que conhecemos o mais extraordinário dos homens: o capitão Priou, de Rabat. Desgostoso com seus colegas, quase todos antigos suboficiais reengajados, ele soube se cercar de um grupo de amigos agradáveis: Sabran, um antigo colega do Saint-Louis que fez o preparatório para a Naval comigo, e dois outros jovens. Entre os seis, três músicos virtuosos, Sabran, ele e "Pannier". Tocam música perdidamente. Não toco, mas escuto, e por isso me enfio um pouco mais nas almofadas.

Sua casa foi aberta para nós com tanta boa vontade que abusamos. Sabran e eu chegamos de Casablanca para ficar 48 horas. Os jantares são alegres, eu juro, porque somos todos... espirituosos (isso mesmo). Deitamos tarde, três ou quatro horas da manhã, tanto o pôquer de cada noite é apaixonante como a música. Jogamos com apostas estrambóticas, perdemos até dezesseis tostões por noite. Encontramos nisso, tanto nosso caráter é bem-feito, o mesmo prazer que jogar com moedas de ouro, e aquele que se retira do jogo com um ganho enorme de vinte tostões fica com o ar arrogante que convém ficar.

Agora que Sabran está em Casablanca e que todo sábado partimos para Rabat, de onde voltamos segunda à noite, a vida passa fácil e tranquila neste país florido. Pois Marrocos, lugar terrível, vestiu-se de um verde todo novo e seus longos campos se tornaram cintilantes; agora ele se reveste de flores vermelhas e amarelas e, uma após a outra, suas planícies se iluminam.

Faz um calor monótono que favorece a quietude da alma. Rabat, que é minha cidade querida, está silenciosa hoje.

A casa do capitão, perdida no labirinto branco das casas árabes, fica encostada à mesquita dos Oudaïas. O minarete se projeta sobre o pátio interno a céu aberto, e à noite, quando se passa pelo salão para a sala de jantar e que se levanta a cabeça em direção às estrelas, ouvimos cantar o muezim e a gente o vê como do fundo de um poço.

Até logo, mamãe amada. Daqui a um mês poderei certamente beijá-la. Esperando, mando-lhe um beijo tão afetuoso quanto meu amor.

Recebeu minha longa carta da semana passada?

Envie minha pensão S.V.P. hoje.

Respeitosamente, seu filho,

Antoine

44 CASABLANCA [1921]

Mamãe querida,

Como vai você em sua longínqua Divonne?

Quanto a mim, tudo mais ou menos. Estou voando bastante ultimamente, quase uma hora, em média, por dia.

Suas cartas são a única espera nos dias vazios. Não tenho coragem para nada. Sempre essa angústia de não saber para onde ir, a arquitetura é tão demorada, tão demorada, e eu não confio muito em mim.

Devo dizer? Versos, desenhos, tudo isso adormece no fundo de meu baú, o que valeria isso, não muita coisa. Não acredito em mim.

País infeliz. Nenhum amigo. Nenhum ser com quem conversar. Não troquei nem dez palavras em conversas de que gostasse. Só teve o drinque com Sabran, na única vez em que fui a Rabat. [...]

Tinha esperado ir a Fez quando os Brault estavam lá. Agora, seria loucura.

Quanto aos triângulos em avião, isso não conta: aterrissamos dez minutos em Ber-Rechid, Rabat, ou outros lugares, o tempo para assinar documentos, respirar um pouco e pegar gasolina. Depois, subimos solitários na carlinga para lutar contra as tempestades.

Em pouco tempo, partirei.

Mamãezinha, se tivesse me visto de manhã cheio de roupas como esquimó e pesado como um paquiderme, você riria...

Eu tenho um capuz que só é aberto nos olhos – do tipo cogula – e ainda, sobre os ditos olhos, uso óculos...

Um grande lenço em volta do pescoço (lenço do tio), sua malha branca e por cima de tudo um macacão forrado. Luvas enormes e dois pares de meias em meus imensos sapatos.

[desenho]

45 CASABLANCA [1921]
[desenho]

Minha mamãezinha,

Você é uma mãe adorável. Tive um prazer de menino quando abri o pacote. Tirei dele meus tesouros...

Os jornais só nos dizem que faz frio aí! Como vocês estão? Aqui, um tempo agradável. Não chove e o sol brilha suavemente.

Para o Natal, tinha lhes enviado fotos minhas e croquis, mas vocês nunca me falaram deles, mamãe. Tudo isso se perdeu? Eu lhe suplico mamãe, diga-me! E também o que acha de meus croquis!

Ontem desenhei um cachorro, cópia do natural que não ficou ruim, eu o cortei e colei. Que tal?

Ultimamente, voos surpreendentes. Sobretudo esta manhã. Mas, nada de viagens.

Há 15 dias estive em Kasbah Tadla, que fica na fronteira. Na ida, sozinho em meu avião, chorei de frio, chorei! Eu estava muito alto por causa das montanhas, e apesar de meu macacão forrado, minhas luvas forradas etc., eu teria aterrissado em qualquer lugar, se isso continuasse por muito tempo. Em certo momento, levei 20 minutos para colocar minha mão no bolso e tirar meu mapa que acreditava conhecer o suficiente e não havia instalado no avião. Eu mordia meus dedos de tanta dor. E meus pés...

Eu não tinha mais nenhum reflexo e meu avião vacilava em todos os sentidos. Eu era uma pobre coisa miserável e distante.

A volta, depois de um almoço suntuoso, foi, ao contrário, maravilhosa. Aquecido e revigorado, sem me preocupar com pontos de referência, estradas e cidades, voltei em linha reta, como um jovem deus, com a bússola. Tinha levado duas horas e 40 minutos para ir, um pouco menos para voltar. As fortes tempestades me encontraram implacável, e quando, ao longe, avistei Casablanca, senti o orgulho dos cruzados quando viram Jerusalém. O tempo estava maravilhoso: avistei Casablanca a 80 quilômetros de distância! (de Saint-Maurice a Bellegarde).

O que lhe disse Brault sobre meus estudos?

Chegarei provavelmente durante o mês de fevereiro, mesmo se eu for reprovado ou pedir demissão. Pois nesse caso irei fazer um ou dois meses de Nieuport a Istres, perto de Marseille, e assim que eu desembarcar, pedirei 20 dias ou um mês de licença.

Você vai fazer uma festança...

Até logo, minha mamãezinha, um beijo, escreva-me.

Respeitosamente, seu filho,

Antoine

46 COMPANHIA DE NAVEGAÇÃO PAQUET [JANEIRO, 1922]

Minha querida mamãe,

Tanger desapareceu ontem, ao longe. Adeus, Marrocos. Costeamos o litoral da Espanha e, quando uma cidadezinha branca se mostra sob o sol, meu vizinho, encostado em sua cadeira, nos maravilha com o seu nome sonoro.

O mar é piedoso com meu estômago. Nenhuma nuvem, nenhuma onda. A comida é bastante boa, as distrações raras. Ninguém joga xadrez, e eu esgotei todos os meus livros. Vim me instalar na sala de jantar. Contemplo com o olhar benévolo os garçons que arrumam a mesa. Eis uma virtuosa ocupação. Infelizmente o jantar acaba durante o pôr do sol e isso me estragará a sobremesa.

Didi me escreveu que ela volta comigo para Saint-Maurice. A viagem será encantadora. Eu lhe direi: "Cara amiga, como você está?", e ela vai se envaidecer diante dos outros viajantes.

Escrevo-lhe agora, pois de fato minha ida a Marseille vai passar em meio a estúpidas tarefas, como uma visita médica não sei onde e formalidades burocráticas em qualquer lugar. Por isso não vou ter tempo e, se Didi vier me esperar no barco, como manifestou seu piedoso desejo, temo que ela só consiga de mim um beijo apressado. Ela ficará livre para voltar a dançar em Saint-Raphaël (Var) até que eu possa deixar Istres.

Sabe, mamãe, está tão quente em Marrocos neste momento que tenho medo de pegar uma bronquite dupla em Saint-Maurice. Mande aquecer o meu quarto, seria muito ruim ficar doente! Você vai antecipar um pouco sua viagem a Paris para me levar também, hein, mamãe? Se você soubesse como tenho saudades de suas pedras cinzentas, de seus jardins simétricos e de suas exposições!

Não posso reclamar de Marrocos, ele foi bondoso comigo. Passei dias de melancolia sinistra no fundo de uma barraca podre, mas me lembro agora de uma vida cheia de poesia. E também tive bons momentos, e nossas raras e excelentes reuniões de Rabat ficarão para sempre em minha memória.

Quais amigos levar? Você não quer que eu arranque algum de Marrocos para fazê-lo passar oito dias em família? Então você fala de amigos da França, mas Sallès e Bonnevie trabalham!

O barco tem oscilações inquietantes, sinto o peixe frito do almoço acordando no meu estômago e agitando-se suavemente. Contudo, o céu está limpo. Meu Deus, faça que essas pequenas ondas desapareçam.

Até breve, querida mamãe, abra as portas da casa e faça uma grande festa. Lance ao sr. vigário um desafio de minha parte para jogar xadrez, diga a Mimma e a Moisi que mando beijo para as duas *e suplique a Monot que não conte nada a Regina sobre minha chegada, para que Louise tenha a surpresa de minha irrupção, uma noite no seu quarto.*

Antoine

47 [CAMP D'AVORD, 1922][53]

Minha mamãezinha,

Acabo de ler a sua carta do outro dia, tão cheia de carinho. Minha mamãezinha, como queria estar perto de você! Se você soubesse como

---

53 Em 1922, Antoine fez vários deslocamentos entre Avord (Cher) e o Campo de Mailly (Aube), depois para Versailles. Foi promovido a subtenente em outubro.

cada dia eu aprendo um pouco mais a gostar de você. Não escrevi nos últimos dias, mas temos tanto trabalho neste momento!

Está fazendo um tempo agradável esta noite, mas estou triste, não sei por quê. Este estágio em Avord se torna muito cansativo a longo prazo. Eu preciso muito de uma cura de descanso em Saint-Maurice e da sua presença perto de mim.

O que você está fazendo, mamãe? Pintando? Não me disse nada a respeito da sua exposição, nada também sobre a apreciação de Lépine.

Escreva-me. Suas cartas me fazem bem, é um frescor que chega. Mamãezinha, como você faz para encontrar coisas tão deliciosas para dizer? Fico emocionado o dia todo.

Preciso de você tanto como quando eu era criança. Os instrutores, a disciplina militar, as aulas de tática, quanta coisa árida e irritante! Imagino você colocando as flores no salão e tenho raiva dos instrutores.

Amanhã, com o avião, vou fazer pelo menos cinquenta quilômetros em direção da sua casa, para imaginar que vou até aí.

Como pude fazê-la chorar algumas vezes? Quando penso nisso, fico muito infeliz. Fiz você duvidar do meu carinho. E, contudo, se soubesse o quanto eu gosto de você, mamãe!

Você é o que há de melhor em minha vida. Esta noite sinto saudade de casa como uma criança! E dizer que você está aí, caminhando, falando e que poderíamos estar juntos, e que não aproveito o seu carinho e que também não sou para você um apoio.

É verdade que estou triste de chorar esta noite. É verdade que você é a única consolação quando estou triste. Quando era menino, voltava com minha pesada pasta nas costas, soluçando por ter sido punido, você lembra no Mans – e apenas com um beijo me fazia esquecer tudo. Era meu apoio todo-poderoso contra os supervisores e os padres coordenadores. Sentia-me seguro em sua casa, estava seguro em sua casa, não era nada sem você, era bom.

E então, agora é a mesma coisa, é você o refúgio, é você quem sabe tudo, quem faz esquecer tudo, querendo ou não, sinto-me como um menininho.

Mamãe, despeço-me. Estou cheio de trabalho. Vou respirar uma última brisa de ar pela janela. Tem sapos cantando, como em Saint-Maurice, mas como eles cantam pior!

Beijos, com carinho.
Seu filho marmanjo,

Antoine

48 AVORD [1922]

Minha querida mamãe,

Finalmente recebeu minha carta com as gravuras dentro? Envio novamente uma. O que achou?

Estou muito contente com meu destino. As aulas são interessantes, coisa que não ousava esperar, e bem preparadas.

Voo mais ou menos quatro vezes por semana. Duas vezes como piloto, duas vezes como observador. Aprendo várias astúcias fotográficas, topográficas, radiotelegráficas.

Mas o que me alegra, como já lhe disse, é que em geral estou me saindo bem.

Como estão suas filhas? Mimma está na Suíça? Não sei de nada. Didi já voltou para Saint-Maurice? Quando Monot vai prestar seu exame?

Faz um tempo agradável, mas um pouco quente. Quando fazemos, à tarde, levantamentos fotográficos nos campos, derretemos como gelo. Apenas os voos nos refrescam.

Temos muito trabalho e, mesmo que não fosse tão interessante quanto é, seria muito útil para impedir de ficar enferrujado.

Moisi recebeu minha carta sobre os livros? Gostaria que ela cuidasse disso, vou começar logo a me preparar para meu exame de entrada na Escola Superior de Aeronáutica. Como já lhe disse, farei o curso como subtenente. Ganharei quase – com a gratificação por voo – mil francos por mês.

Então, vou me casar, terei um pequeno apartamento, uma cozinheira e uma mulher maravilhosa.

Mamãe, o costureiro, que é um homem duro e ganancioso, está me cobrando seu dinheiro, não aos gritos, mas com pequenas insinuações torvas. Poderia me mandar hoje 200 francos por ordem telegráfica?

Escrevo do meu quartinho. Nele, reina uma desordem íntima e aconchegante. Meus livros, meu fogareiro, meu jogo de xadrez, meu tinteiro e minha escova de dentes se apertam em torno de mim sobre a mesa.

Abraço meu reino com um olhar, e meus súditos não se escondem covardemente no fundo das gavetas.

Quer uma barra de chocolate? Espere, tem uma por aqui, entre minha caixa de compasso e minha garrafa de álcool para acender o fogo...

Quer uma caneta? Procure por ali, na bacia. Devo ter colocado lá para limpeza.

Tenho vontade, nos domingos quando não vou a Paris, isto é, três em quatro (não fui mais desde a Páscoa), de andar a cavalo em Bourges em um hipódromo. Meus colegas deliberam entre eles sobre isso.

Até breve, mamãe, não me queira mal por meu silêncio involuntário.

[*desenho*]

Ouço roncar o motor de um avião. Que doce música...

49 PARIS [1922]

Mamãe,

Então foi você quem não recebeu minha carta. Esperava em vão sua resposta. Minha mãezinha, perdoe-me.

Didi está iluminada de felicidade. Você está contente também, mamãezinha?[54] A tia de Fontenailles foi um amor [...]

Lanchei esta tarde na casa de uma americana, grande amiga da tia Anaïs, "Miss Robertson". Havia três jovens adoráveis e biscoitos maravilhosos. Estava me sentindo dividido por simpatias contraditórias. Elas respondiam as três ao mesmo tempo, gostam todas as três da mesma peça e da mesma ópera, colocam a mesma quantidade de açúcar no chá e a gente sente a mesma vontade de beijar todas.

Elas saíram juntas às cinco horas e dez minutos e eu fiquei três vezes triste.

Voo para Bourget e Villacoublay também, onde fui destacado pelo ministério para fazer acrobacias. Vou pilotar o Nieuport 29, que é o avião mais rápido dos tempos modernos, um pequeno bólido raivoso.

---

54 Sua irmã Gabrielle ficou noiva de Pierre d'Agay.

Batizei alguns de meus amigos de Bourget: Ségogne, S... etc. Eles ficaram de todas as cores e eu ria baixinho em minha carlinga.

Estou lendo um pouco. Acabo de terminar *Les Thibault,* de Roger Martin du Gard. Parece com Romain Rolland, mas é menos forte que *Jean Christophe.*

Estou me dando conta de que não penso no que escrevo, mas em minhas três americanas.

De Paris, elas conhecem a Comédie-Française e o Arco do Triunfo. É delicioso. Nunca foram ao cinema, coisa admirável. Seus olhos devem se fechar sozinhos quando viram a cabeça, como aquelas bonecas de porcelana, e estou certo de reencontrá-las na loja de brinquedos do Louvre. Elas gostam de dança, "porque é muito divertido", e de música, "porque é tão linda". Elas não gostam da torre Eiffel, mas se lhe dizem que é bonita, elas exclamam as três: "Ah, sim... é verdade".

Uma estava de vermelho, outra de verde, outra de azul, uma é loira, outra morena, outra tem cabelos castanhos; elas combinam como seus três lencinhos e não saberia escolher.

Mamãezinha, encontre uma assim pra mim, não preciso que ela me faça teorias literárias e idealistas, N... me entedia muito...

Jantei ontem na casa dos Jourdan com suas filhas. Fico por aqui, um beijo com todo o meu amor.

Antoine

50 [PARIS, 1923]

Minha mamãezinha,

Como está? Não escrevi ultimamente porque espero todo dia uma decisão sobre a minha situação e não sei de nada ainda. Penso ainda assim conseguir estar com você na quinta ou na sexta.

Escrevi para Didi uma carta muito extensa, no fim de uma carta de L.

É possível que eu tenha um conto publicado pela *Nouvelle Revue Française.*

Escrevi duas ou três coisas que são razoavelmente boas.

O pobre general Vidal está bastante doente. Acabo de lhe telefonar esta noite.

Vi Yvonne várias vezes. Vi Sudour uma vez e Jacques ontem.

Absolutamente nada de novo acontece em minha existência, pois meus dias se passam com L.,[55] tranquilos e suaves.

Mesmo assim, gostaria de revê-la. Quando chega o noivo de Didi?

Moro com os Churchill, rua de Verneil, 7. Talvez eu tenha recebido cartas ainda em casa? Entreguei meu quarto anteontem.

Até logo, mamãezinha. Beijos de todo o meu coração, com todo o amor.

Respeitosamente, seu filho,

Antoine

51 [PARIS] RUA VIVIENNE, 22 [OUTUBRO DE 1923]

Mamãezinha,

Tenho tanto trabalho, e um trabalho tão bobo, que nem pude lhe escrever. Sinto remorso. Estou aqui com o pequeno abajur que você me deu, de que gosto e do qual emana uma luz suave. Estou tão triste por saber que sofre.

Você está melhor? Pobre mamãezinha, estava tão contente em vê-la em Saint-Maurice, tinha organizado tudo tão agradavelmente, construiu tão bem a felicidade de seus dois filhos. Eu a amei tanto, sem saber dizê-lo. Minhas pobres inquietações me ocuparam tanto ultimamente. Sei que deveria ter toda a confiança em você e contar-lhe todos os meus sofrimentos, para que me consolasse, como quando eu era criança e que lhe recitava todas as tristezas. Sei que você gosta tanto do seu grande diabo de filho. Não deve me odiar por ter sido rude, passei dias ruins. Agora, recobrei as forças. Sou um homem corajoso.[56] Se você vier a Paris, tentarei ser o filho mais amável possível. Pode ficar no meu quarto, estará melhor que no hotel, e eu virei à noite buscá-la para jantarmos juntos, a sós, e lhe contarei muitas histórias engraçadas que sei e você ficará muito contente. E então, é você quem me dará alegrias. Não sei por que estava obstinado a cuidar de tudo sozinho. Só você poderá cuidar de tudo. Eu me entrego

---

55 Louise de Vilmorin, noiva de Antoine, com quem ficou apenas alguns meses.
56 Em maio do mesmo ano Antoine sofreu o primeiro acidente grave de avião.

em tuas mãos, é você quem falará às autoridades superiores e tudo ficará bem. Sou como um menininho agora, refugio-me perto de você. Lembro- -me de quando você ia ver o padre Coordenador, quando pedia para retirar meus castigos, procure o padre Coordenador... Minha mamãezinha, você é muita coisa. [...]

Mamãezinha, ficou contente comigo em Saint-Maurice, cumpri bem meu papel de irmão?... Estava um pouco emocionado. Estava emocionado por você também... Era o coroamento de sua obra. Você promoveu muita felicidade.[57]

Minha adorável mamãe, perdoe-me por todos os sofrimentos que lhe causei.

Vou levá-la para ver uma "peça" de força extraordinária. Assisti esta noite com Yvonne: *La Maison avant tout*, de Pierre Hamp. Vai gostar.

Boa noite, mamãezinha. Abençoe-me. Ame-me muito.

Antoine

52 RUA PETIT, 12 [PARIS, 1924]

Mamãezinha,

Obrigada infinitamente pela sua ordem de pagamento. Minha situação é tão, tão ruim, tive que me mudar, com várias gorjetas para a faxineira, a zeladora etc. [...] transporte de meus livros, malas, baús e, para completar, trezentos francos para o dentista, que não quis me fazer um crédito. – Meu constrangimento é triste. Será muito difícil ir visitar Diche.

Tenho um caminho aberto: o jornalismo. Mas não tenho um segundo para fazer entrevistas, pobre de mim... e o cara que conheço só pode me conseguir artigos para a rubrica *Informações* no jornal *Manhã*.

Talvez vá para a China na primavera ou no inverno, pois estão pedindo pilotos lá e talvez eu pudesse dirigir uma escola de aviação. Seria uma situação pecuniária *magnífica*. Faço tudo o que posso neste momento.

---

57 Casamento de sua irmã Gabrielle de Saint-Exupéry com Pierre d'Agay, em 11 de outubro de 1923.

Meu escritório está cada vez mais melancólico e minha tristeza persiste sorrateiramente. É outro motivo pelo qual gostaria de viajar.

Tia Anaïs deve estar em Saint-Maurice, é um amor. Quando você pensa, mamãezinha, voltar para lá? Gostaria de revê-la e passar lá agradáveis dias. Se eu fosse para a China, será que me dariam um mês de liberdade?

Faz um tempo triste. Contudo, pude pilotar em Orly no domingo. Fiz um belo voo. Mamãe, adoro esta profissão. Você não pode imaginar essa calma, essa solidão que se encontra a quatro mil metros, face a face com seu motor. E depois, essa camaradagem encantadora em baixo, em terra. Dormimos deitados na relva, esperando nossa vez. Acompanhamos com os olhos o camarada, cujo avião esperamos, e contamos histórias. Elas são todas maravilhosas. São panes nos campos, perto de pequenos lugares desconhecidos em que o prefeito emocionado e patriota convida os aviadores para jantar... e aventuras de contos de fadas. Elas são quase todas inventadas na hora, mas todos ficam encantados e quando decolamos somos romanescos e cheios de esperança. Mas nada acontece... e a gente se consola ao aterrissar com um vinho do Porto ou contando: "Meu motor esquentou, meu camarada, tive medo..." Ele esquentava tão pouco esse pobre motor... A metade de meu romance, mamãe, está pronta. Tenho certeza de que é novo e conciso. Ele dá vertigem em Sabran. Vou fazer Sabran progredir muito.

A vida com Priou é adorável porque ele tem o melhor caráter do mundo. Infelizmente, no dia 15 de outubro, entregamos o apartamento, e precisaremos procurar outro. Nós temos dois em vista. Espero que as despesas não sejam muito altas – (o aluguel felizmente é baixo) –, você me dará alguns móveis e lençóis?

Quem está em Saint-Maurice? Onde está a vovó?

Minha mamãezinha, mando beijos de todo o meu coração. Desejo que tenha algum descanso. Diga a Mima que vou lhe escrever [...]

Respeitosamente, seu filho,

Antoine

53 [PARIS, MARÇO DE 1924]

Mamãezinha,

Pode ser que consiga dinheiro o suficiente, no começo do mês que vem, para ir passar um domingo em Saint-Maurice, isso não vai me cansar de modo algum, e ficarei tão feliz em rever você, Biche e a casa. Você me escreveu uma carta tão carinhosa, mamãe, é verdade que não fui mais eu mesmo durante muito tempo. Vivi uma vida tão incerta, com tão pouca segurança, durante esses oito meses. Não deve me odiar muito por isso.

Agora estou perfeitamente bem. Meu trabalho não é muito entediante e eu tenho alguns projetos em andamento.[58] Estou escrevendo aos poucos meu livro que enche Louis de admiração.

Didi deveria me escrever, é verdade que não respondo, mas não importa porque não tenho ainda muita coisa para contar, mas vou ter logo. Como ela está?

Intimidade encantadora na casa de Priou, com um monte de velhos amigos. Quanto a Yvonne, está no sul há um mês. Penso que ela vai voltar logo.

Não está se entediando muito aí, mamãe? Por que não volta para a casa de Didi, para pintar e se aquecer? Felizmente há um pouco de sol nos últimos dias e você não está passando muito frio.

Você está me propondo pagar meu casaco? A promissória vence fim do mês. Posso enviá-la? Em todo caso, se conseguir o trabalho que espero nos primeiros dias de abril, eu a reembolsarei chegando aí, porque não quero lhe dar mais despesas, mas de fato ando na miséria e não saberia como pagar.

Fico por aqui, mamãezinha, deixando um beijo com todo amor,

Respeitosamente, seu filho,

Antoine

---

58 Em junho de 1923, Antoine começou a trabalhar como controlador de fabricação nas Tuileries de Boiron, onde ficou por um ano.

54 [PARIS, JUNHO DE 1924]

Minha mamãezinha,

Contava muito ir durante as eleições, mas tive uma ocasião única de tirar, para minha empresa, fotos aéreas neste domingo. E o fiz: gostaria que ela formasse uma pequena sociedade de fotografias aéreas para usinas, da qual eu seria o chefe, e já tenho astuciosos planos. Não poderia perder essa oportunidade.

Por enquanto passo os dias na feira de Paris, onde presido uma pequena barraca. Meus amigos vêm me visitar e discuto com vários visitantes, com um ar sério e digno. Você riria de me ver aqui. [...]

Os Jacques embarcaram seu varão.[59] Ele partiu sem grande entusiasmo. Vai lhe fazer bem. Nunca gostei tanto dessa vida de soldado de segunda classe e essa camaradagem simpática com os mecânicos e cafetões. Eu aprendi a gostar dessa prisão, onde cantávamos canções lúgubres.

Meu romance amadurece a cada página. Estou pensando em ir no começo do próximo mês para mostrá-lo: acho que ele é completamente novo. Acabo de escrever as páginas que acho as melhores.

Mamãezinha, você recebeu meus amigos de uma maneira tão agradável que fiquei emocionado. Desculpe-me por não ter agradecido melhor. [...]

Minha saúde vai bem, meus amigos são encantadores. Sou abençoado por ter amigos assim. Gostaria tanto de ter um apartamento para recebê-los, estar em casa e criar uma doce intimidade. Mamãe, não posso viver neste quarto mofado onde não me sinto em casa.

Faz um calor excessivo, é outra infelicidade. Como você pode gostar de sol? Mamãe, todo mundo transpira, é horrível.

Tia Anaïs, rechonchuda e otimista, almoça comigo todas as quartas. Nós corremos todos os restaurantes de Paris. Eu a levo em pequenos bares, ela se sente feliz, falamos de política, de literatura, de coisas mundanas. Parecemos dois namorados. [...]

É isso, mamãezinha. Gostaria ainda de lhe dizer que achei Saint-Maurice excelente no outro dia e que gostaria de voltar logo. Vou tentar

---

59 François de Fonscolombe, filho de Jacques de Fonscolombe e primo de Antoine, partiu para o serviço militar.

pegar minhas férias ao mesmo tempo que sua filha Didi. Gostaria muito que me mandasse cerejas, uma caixa grande. É possível? Isso me daria tanto prazer! Mamãe, meus amigos estão comovidos com a forma como foram recebidos.

Um beijo carinhoso.

Gosto muito de você, mamãe.

Antoine

55 PARIS, BULEVAR ORNANO, 70 *BIS* [1924]

Mamãezinha,

[...] Vivo tristemente num hotelzinho sombrio, no bulevar Ornano, 70 *bis*. Não é nada divertido. E ainda por cima faz um tempo sinistro. Tudo seria muito lúgubre se...

Não lhe escrevo há muito tempo, pois queria esperar para ter uma novidade magnífica para contar, e como nada se decidia, eu não queria escrever sobre falsas esperanças. Mas isso agora parece *mais ou menos certo*. Acho que você vai ficar muito feliz.

Estou em uma situação nova.[60] É no setor automobilístico, e ganharei:

1º Fixo: 12 mil por ano;

2º Comissão: mais ou menos 25 mil por ano.

Seja entre 30 mil ou 40 mil *por ano* mais *um carrinho para mim*, no qual vou levá-la para passear, e Monot também. Só terei certeza na semana que vem, e neste caso, vou visitá-las na sexta-feira, por uns oito dias. Será uma vida exterior e independente. Seria minha primeira alegria depois de um ano. Ficaria infinitamente contente e você também.

Meu hotel, ao contrário, me desgosta demais e não sei como me hospedar.

O único problema nessa situação é um estágio de dois meses a ser feito na usina para passar como operário em todos esses serviços a fim de

---

60 Antoine recebeu a proposta de ser representante dos caminhões Saurer em março de 1924. Viajou muito, frequentou hotéis modestos em cidadezinhas e não vendeu nenhum caminhão. Durante o tempo livre, aproveitava para escrever.

ficar perfeitamente a par de tudo. Não sei ainda se esses dois meses são pagos. Mas, logo depois, serei um gordo e rico senhor.

Passei a noite de ontem com Priou na casa de Maille, que se tornou, pelo casamento com Hennessy, embaixatriz da França... Ela me apresentou aos magnatas com o título de "Literato do maior talento!".

Quando Simone chega? Estou com saudade dela. Diga-lhe que neste inverno vamos passear em um charmoso carrinho... E que se tiver um apartamento, eu a convidarei para jantar (pena que não tenha mais aquele de Priou).

Mamãezinha, escreverei na quarta-feira sobre o que será essa imensa esperança que parece tomar corpo. E, se puder, [eu] vou encontrá-la; se não, você poderia passar por Paris?

Um beijo de todo o meu coração, com amor,

Antoine

Eu merecia mesmo ser um pouco feliz, juro!

56 PARIS, BULEVAR ORNANO, 70 *BIS* [1924]

Mamãezinha,

Estou muito contente. Decididamente, tenho uma bela situação em vista. Consultei os dossiês das três regiões que me foram atribuídas (Allier, Cher, Creuse) e elas são excelentes, e o Saurer é muito apreciado aí. É bom para meu negócio.

Enfim, meu estágio, que não foi entediante, mas tão cansativo e absorvente, está chegando ao fim. Passo a partir de amanhã para um último serviço – reparo e serviço comercial –, estou me dando bem com todos da empresa, os camaradas representantes que são agradáveis e prestativos. Enfim, acho que por fim acertei para sempre.

Estou com um pequeno, bem pequeno desejo de me casar, mas não sei com quem. Mas peguei tal desgosto por essa vida provisória! E tenho, além disso, muito amor paternal guardado. Queria muito ter pequenos Antoines...

Em todo caso, se eu encontrar uma jovem que valha a pena, agora, estou em uma situação em que já posso fazer o pedido. [...]

Estou com a saúde de ferro. Nesse ponto, o estágio foi uma cura, não fui feito para um escritório de dois metros quadrados.

Mamãe, tenho uma alegria na vida: tenho amigos tão legais comigo que você nem pode imaginar. Eles estão todos nesse momento com uma epidemia de simpatia. Bonnevie me dá notícias o tempo todo. Sallès me escreve cartas cheias de amizade profunda que me emocionam. Ségogne é um anjo. Os Saussine, anjos protetores, sem falar de Yvonne e Mapie...

Mamãe, aconteceu uma coisa terrível com Mapie. Você deve lhe escrever uma cartinha. Ela acaba de perder sua filhinha de sete meses. Seu marido tinha acabado de partir por três meses para a América. Ela está em viagem para encontrá-lo. Vai deixá-la emocionada se lhe escrever algo gentil e simples, como só você sabe. [...] Ela me ajudou muito, com tanto tato nos momentos difíceis. Faça-o por mim.

Encontrei um velho amigo do liceu, oficial da marinha, que se tornou um sujeito de grande cultura, que viu, julgou e compreendeu muita coisa. Para mim é uma fonte maravilhosa. Nós vamos juntos ver coisas sobre arte, peças e exposições e discutimos a respeito. Suas ideias gerais são tão claras que são sãs e vivificantes. Estou contente.

Simone cresce e prospera nos caminhos do Senhor. Tirou o primeiro lugar no exame. Ela foi a primeira em redação. E não estava sozinha! Desde então, só se levanta ao meio-dia.

Estou contente de saber que Mima está melhor. Meu conto e o *dela*[61] esperam o fim de meu estágio para ser datilografados, porque 13 horas de trabalho por dia me bastam, mas diga-lhe que é *logo*. [...]

Despeço-me, minha mamãezinha, é meia-noite e eu me levanto às 6 horas. Mando beijos bem carinhosos,

Antoine

57 [PARIS,] BULEVAR ORNANO, 70 *BIS* [1924]

Minha mamãezinha,

Obrigado de todo o coração, você é um amor. Suas frutas secas são cheias de sol. Não vi ainda as meias, mas temo, pois você gosta delas vibrantes...

---

61 *L'aviateur* e *Les amis de Biche*.

Mesmo cansado, trabalho como um deus. Minhas ideias sobre caminhão em geral, que eram bastante vagas, tornaram-se precisas e claras. Penso ser logo capaz de desmontar um sozinho.

Minha tão pequena mamãezinha, você virá se hospedar em Paris quando eu for um senhor importante? Meu quarto é tão triste e não tenho coragem de separar meus colarinhos e meus sapatos...

Meu romance[62] está um pouco parado, mas faço consideráveis progressos internos, exigindo de mim uma observação de cada segundo. Estou me abastecendo.

Enfim, em um mês, talvez menos, terei lazer e uma vida ativa. (Minha vida atual não me entedia um segundo.)

É preciso que eu comece a pensar em meu carro. Desde já, poderia abrir para mim uma conta no Crédit Lyonnais, conforme sua proposta? Mas mamãe, nós falamos em Saint-Maurice em 10 mil, o que era *apertado*, pois preciso fazer o seguro (do carro), mandar fazer ternos, pois, tirando o casaco e o sobretudo, os meus datam da minha desmobilização. Por fim, meu primeiro mês de viagem só será pago no fim. E talvez [será necessário?] eu pague minha hospedagem.

Mas você não nos deve *nem um tostão*. Então, mande-me o que você puder. O quanto antes for, será uma economia para mim, pois Suresnes me quebra com táxis quando me acordam tarde de manhã.

Mamãe, espero ajudá-la um dia também, devolvendo um pouco de tudo o que recebi. É preciso ter um pouco de confiança em mim. Trabalho *como um negro*.

Beijos carinhosos, com todo amor.

Respeitosamente, seu filho,

Antoine

N.B. Cuidado com o meu número (é 70 *bis*). [...]

---

62 Primeiro texto impresso de Antoine, *L'Aviateur*, foi publicado em 1926.

58 [PARIS, 1924]

Minha mamãezinha,

[...] Yvonne me levou de carro até Fontainebleau. Foi um passeio encantador. Jantei na casa de Ségogne.

[...] X voltou para Marrocos. Veja os frutos da minha educação:

Ele me escreveu:

"[...] Eu entendi bem tudo que você me disse. Tanto o que me falou quanto o que eu sentia confusamente e que você esclarecia em mim, porque você sabe pensar e exprimir seu pensamento claramente e simplesmente etc.

"[...] Pensando no bem que você me fez e nos progressos que eu fiz graças a você, eu etc.

"[...] No outro dia ainda, quando falei com você, várias vezes eu sentia quanto trabalho eu poderia oferecer, se quisesse me elevar e ver o mundo do seu plano [...] etc.

"[...] Se você soubesse o quanto o admiro, tanto pelo trabalho que fez quanto pelo resultado [...] etc."

Eu criei um pequeno ser humano, ligando-o ao mundo exterior. Estou orgulhoso com o sucesso das minhas ideias sobre a educação do pensamento. Pode-se educar tudo, menos isso. Aprendemos a escrever, a cantar, a falar bem, a se emocionar, jamais a pensar. Somos levados por palavras, e elas enganam até os sentimentos. Mas eu o quero humano e não livresco. [...]

Já percebi que as pessoas, quando falam ou escrevem, abandonam de repente qualquer pensamento para fazer deduções artificiais. Elas se servem das palavras como de uma máquina de calcular, de onde deve sair uma verdade. É idiota. É preciso aprender não a raciocinar, mas a não mais raciocinar. Não precisamos passar por uma sequência de palavras para compreender alguma coisa, senão elas tornam tudo falso: confiamos demais nelas.

Toda a minha pedagogia se concretiza, e eu faço dela meu livro. É o drama interior de um cara que emerge. O desdobramento do início precisa ser brutal. É preciso desnudar primeiro seu aluno para lhe provar que ele não é nada, como X.

Eu detesto essas pessoas que escrevem por diversão, que buscam causar efeitos. É preciso ter alguma coisa para dizer.

Então, ensinei primeiro para X como as palavras que ele alinhava eram artificiais e inúteis e que o defeito era não uma falta de trabalho, o que é pouco a ser corrigido, mas um defeito profundo na sua maneira de ver, na base de tudo, e que era preciso reeducar não seu estilo, mas tudo nele – inteligência e visão – antes de escrever.

Isso fez que ele desgostasse de si, o que é uma higiene saudável pela qual passei, e depois ele acabou compreendendo que se podia ver e entender de outras formas, e agora pode se tornar alguma coisa. Ele tem por mim uma gratidão lisonjeira [...]

Fico por aqui, já está na hora.

Um beijo de todo o meu coração, com todo o meu amor.

Respeitosamente, seu filho,

Antoine

59 [PARIS, VERÃO DE 1924]

Minha pobre mamãezinha,

Eu estou terrivelmente preocupado com o que me escreve Didi, não pensava em nada tão grave, quer que eu vá? Posso sair no sábado, ainda mais que tenho a intenção de deixar minha situação, de voltar ao homem do seguro, e preciso passar alguns dias em Lyon para organizar um negócio.

Como essa doença se manifestou tão brutalmente?[63]

Se quiser que eu vá, basta me escrever um bilhete. Quanto ao camaleão de Biche, vou mandá-lo no sábado, se não levarei eu mesmo.

Despeço-me, mamãezinha, mando um beijo com todas as minhas forças, e também para Mimma, Didi e Simone. [...]

Antoine

---

63 Marie-Madeleine de Saint-Exupéry, irmã de Antoine, morreu dois anos depois, de tuberculose.

60 [PARIS, VERÃO DE 1924]

Minha mamãezinha,

Recebi sua carta, que me tranquilizou. Na mesma noite em que Simone tinha me telefonado dando notícias ruins. Eu ia telegrafar. Mas agora estou menos preocupado, felizmente.

Quando você pensa em ir descansar um pouco, minha pobre mamãezinha? Não pensa em ir para Agay ou vir aqui por alguns dias? Não está fazendo um tempo bom, mas que importa?

Estou escrevendo do meu escritório. Estou examinando os dossiês dos meus futuros clientes. Vou partir este mês em viagem para Montluçon e o restante da região. Espero fazer negócios. A fábrica é agradável para mim, e se soubesse que vocês estão tranquilas e que Mimma está melhor, seria completamente feliz. Mas é muito triste pensar que vocês estão tão preocupadas. [...]

Eu fui pilotar domingo em Orly (e estou desde então um pouco surdo de um ouvido. Mas já está melhorando). Quando eu for rico, terei um aviãozinho e vou visitá-las em Saint-Raphaël.

Jantei ontem na casa dos Jacques [...]. Eles têm os melhores corações do mundo. Uma russa leu as cartas para mim, e me previu um casamento para logo com uma jovem viúva, que vou conhecer nesses oito dias. Agora fiquei intrigado!

Até logo, minha mamãezinha, beijos de todo o meu coração, com todo amor para você e para Mimma.

Respeitosamente, seu filho,

Antoine

61 [PARIS, 1925]

Minha mamãezinha,

Desejo-lhe um ano um pouco mais feliz, não é ser muito exigente com os céus! [...]

Seria um prazer louco rever todos, o sul, Didi, Mimma e sobretudo você – e por outro lado é muita loucura ir antes, sozinho, pagar duzentos e cinquenta francos pelo quarto e reembolsar cinquenta francos, o que me deixará com apenas cinquenta francos no bolso. Eu juro, mamãezinha, que pelo menos uma vez estou sendo razoável e que faço um *enorme* sacrifício, mas sinto remorso de ser um peso para você e posso, ao menos, não lhe dar despesa com essa viagem.

Só estou com uma tristeza grande. Sobretudo quando eu tiver que tomar a decisão de ficar, o que eu ainda não tive coragem de fazer. Mas, mamãezinha, se eu fosse, precisaria no dia da minha volta pedir dinheiro para você de novo, e de fato preciso ter como sobreviver, e então com a sua remessa pelo menos meu quarto será pago! E me incomodaria pedir isso a você.

Mamãezinha, estou completamente decepcionado por não conseguir me manter sozinho – então acho que seria pouco correto gastar por meu prazer, e por dois dias de presença entre vocês, esses trezentos e cinquenta francos.

Um beijo com carinho.

Respeitosamente, seu filho,

Antoine

62 [PARIS, 1925]

Minha velha Didi,

Obrigada pela foto que Simone me entregou esta manhã. Ela alegra um pouco meu quarto de hotel. Espero, mais tarde, poder te dar o mesmo presente. Estou com um pouco de vontade de me casar e ter filhos tão encantadores quanto o seu. Mas é preciso que sejam dois, e eu só conheci até o presente uma única mulher que me agradasse.

Estou muito contente com minha fábrica e ela comigo. Se eu vender alguns caminhões irei de carro este verão passar alguns dias em Agay. Vou levar você para passear um pouco no Sul. Vou começar com um Citroën, mas vou empregar o primeiro dinheiro recebido na troca por um carro mais rápido: isso me consolará talvez do avião.

Tenho uma nova esperança de um pequeno apartamento. Neste caso, não vou lhe perdoar se não vier passar alguns dias em Paris com seu esposo e seu filho [...].

Deve me perdoar por não lhe escrever com frequência, mas você está tão distante. Não conheço nem sua casa, nem sua vida, nem seu filho (quase). – Eu a vi oito dias em dois anos [...].

Então, é claro que não é mais a mesma intimidade. Mas ainda amo você de todo o meu coração.

Simone voltou apaixonada por seu filho. Objetei-lhe que ele era ainda muito novo e, além disso, entre tia e sobrinho isso não seria conveniente [...].

Simone se interessa apaixonadamente pelos manuscritos da Idade Média. Ela trabalha como um negro. Sempre a mesma, essa menina.

Quanto a mim, parto esta semana por quinze dias para o norte para ficar informado da profissão na região de um colega. Faremos 150 quilômetros de carro por dia. Não será nem um pouco entediante.

Levo uma vida filosófica. Vejo [...] meus amigos o máximo possível. Tenho alguns maravilhosos. Isso me consola.

Espero encontrar alguma mocinha bem bonita e bem inteligente, cheia de charme e alegria, repousante e fiel e... então, não encontrarei.

E faço uma corte monótona a Colettes, Paulettes, Suzys, Daizys, Gabys que são feitas em série e entediam ao fim de duas horas. São salas de espera.

É isso...

Até logo, Diche. Um grande beijo.

Seu velho irmão,

Antoine

63 POSTA-RESTANTE, MONTLUÇON (ALLIER) [1925]

Minha mamãezinha,

Estou nesta tranquila cidade de Montluçon. Uma cidade que descobri adormecida às nove horas da noite. Começo meu trabalho amanhã, espero que tudo corra bem, ainda que os negócios estejam um pouco parados.

Não deve ficar chateada comigo pela carta a Didi, ela foi escrita sob influência de um profundo desânimo. Sobre as mulheres das quais me falou, é o mesmo para os amigos. Não consigo mais sofrer por não encontrar o que procuro nas pessoas e fico sempre decepcionado assim que descubro que uma mentalidade que parecia interessante é apenas um mecanismo fácil de ser desmontado; sinto nojo. E passo a detestar essa pessoa. Elimino uma porção de coisas e uma porção de pessoas, é mais forte que eu.

Tenho, diante de mim, neste salãozinho desse hotelzinho provinciano, um tipo bonitão que perora – um pequeno proprietário do lugar, penso eu. É uma besta inútil, e faz muito barulho. Também não posso mais tolerar esse tipo de gente, e se me casar com uma mulher que descubro depois gostar dessas pessoas, eu seria o mais infeliz dos homens. É preciso que ela goste apenas de pessoas inteligentes. Sair com os Y... e Cia. se tornou para mim completamente impossível, não posso mais abrir a boca. É preciso que me ensinem alguma coisa.

O que lhe disse de X não pode deixá-la triste. Não tenho nenhuma estima por essa falsa cultura, essa mania de procurar todos os pretextos mais falsos da emoção, todos esses lugares-comuns do sentimento sem nenhuma curiosidade real e substancial. Não se lembrar nunca de um livro ou de uma visão a não ser pelo que choca ou por aquilo que pode ser estilizado. Não gosto dessas pessoas que sentem emoções cavalheirescas quando se vestem de mosqueteiro em um baile a fantasia. [...]

Mamãe, tenho amigos que me conhecem bem melhor que eles mesmos, que me adoram e que são correspondidos. É uma boa prova de que valho alguma coisa. Para a família, acabei sendo um ser superficial, falante e gozador, eu, que só procuro, mesmo no prazer, aprender alguma coisa e não posso suportar os parasitas das casas noturnas, eu, que quase nunca abro a boca porque as conversas inúteis me entediam. Permita-me não desenganá-los, é muito supérfluo.

Sou tão diferente do que pude ser. Basta que você saiba disso e me estime um pouco. Você leu minha carta para Didi sob um falso ângulo. O que havia nela era desgosto e não cinismo. Quando se está exausto, é assim que se fica à noite. Faço toda noite o balanço do meu dia. Se ele foi estéril como educação pessoal, sou impiedoso com os que fizeram perdê-lo e nos quais pude acreditar.

Não deve ficar chateada comigo se quase não escrevo. A vida de todo dia é tão pouco importante e tão repetitiva. A vida interior é difícil de descrever, há certo pudor. É tão pretensioso falar dela. Você não pode imaginar a que ponto é a única coisa que conta para mim. Isso muda todos os valores, mesmo nos meus julgamentos sobre os outros. Para mim é indiferente um cara "bom", se for apenas um enternecimento fácil. É preciso me buscar tal como sou, no que escrevo, que é o resultado refletido do que penso e vejo. Então, na tranquilidade de meu quarto ou de um restaurante, posso me colocar diante de mim mesmo e evitar toda fórmula, disfarce literário, e me exprimir com esforço. Sinto-me honesto e consciencioso. Não posso mais tolerar o que é destinado a chocar e enganar o ângulo visual para agir sobre a imaginação. Um monte de autores que amei porque me proporcionavam um prazer espiritual demasiado fácil, como melodias de café-concerto que irritam, eu os desprezo de verdade. Você não pode mesmo exigir que eu escreva cartas de Ano-Novo, ou do tipo Ano-Novo.

Mamãe, sou exigente comigo mesmo, tenho o direito de renegar nos outros o que renego ou corrijo em mim. Não tenho mais nenhuma presunção de pensamento que se interponha entre o que é visto e escrito. Como quer que escreva que eu tomei banho... ou jantei na casa dos Jacques. Sou tão indiferente a esse ponto de vista.

Amo-a verdadeiramente do fundo do coração, minha mamãezinha. É preciso me perdoar por não estar facilmente na superfície e viver todo para dentro. Somos o que podemos ser, ainda que às vezes seja pesado. Há poucas pessoas que podem dizer que tiveram uma confidência verdadeira minha e me conhecem o mínimo que seja. Você é na verdade quem mais as recebeu e quem mais conhece um pouco do avesso desse cara falador e superficial que ofereço a Y porque é quase uma falta de dignidade oferecer-se a todo mundo.

Beijos do fundo do meu coração, mamãe.

Antoine

64 [PARIS, 1925]

Minha mamãezinha,

Estou de novo em Paris, Boulevard Ornano, 70 *bis*. Ao passar por Montluçon encontrei as suas duas cartas que me esperavam. Você é muito agradável, mamãe. Gostaria de ser um filho como você.

Minha mamãezinha, quando, em minha viagem silenciosa – 15 dias sozinho –, passei a pegar minhas correspondências na posta-restante, não imaginava que nenhuma carta pudesse me agradar tanto quanto as suas.

Foi num restaurante provinciano entre dois trens. Mamãe, preciso lhe dizer o quanto a admiro e a amo, se eu exprimo pouco e mal. É uma segurança um amor como o seu, e penso que é preciso muito tempo para compreendê-lo. Mamãe, é preciso que eu o compreenda cada dia melhor e que você seja paga por sua vida feita para nós. Eu a deixei muito sozinha. Preciso me tornar um grande amigo seu.

Vi muitas cidadezinhas de província com trenzinhos minúsculos e pequenos cafés, onde se jogava manilha. Sallès veio me encontrar em Montluçon no domingo. Que bom e velho amigo! Fomos juntos ao "dancing", um baile semanal da prefeitura em que as mães de família formavam um quadrado ao redor de suas "jovens filhas" que dançavam de rosa ou de azul com os filhos dos comerciantes. Conheci um bom violinista que já tocou no concerto Colonne e hoje trabalha em silêncio em Montluçon. Ele nos deixou encantados, Sallès e eu.

Tomei conhecimento também de um tipo de pessoa que se retira na província por causa de um luto, não faz mais nada, não lê mais nada. Geniès os chamava de suicidas. Jogamos xadrez, e ele me levou a sua casa, numa desordem irreparável. É uma pena, ele fazia uma boa pintura. E a sua?

Um beijo grande, mamãe, virá me ver?

Antoine

65 [PARIS, INVERNO 1925-1926]

Minha mamãezinha,

Estou com os dedos gelados de ter dirigido meu carro. Já é meia-noite. Acabo de jogar meu chapéu sobre a cama e sinto toda a minha solidão.

Acabo de encontrar sua cartinha ao chegar. Ela me faz companhia. Fique convencida, mamãe, mesmo se não escrevo, mesmo sendo um cara malvado, de que nada vale mais que seu carinho. Mas são coisas inexprimíveis e eu nunca soube dizê-las, mas estão aqui dentro, são tão certas, contínuas. Eu a amo como nunca amei ninguém.

Fui ao cinema com Escot. Um filme ruim, sentimentos mascarados, sem continuidade no tema. Isso não me agrada, e também, simplesmente, de sair na multidão à noite, mas é porque estou sozinho.

Estou em Paris por pouco tempo, por causa de um problema no carro. Chego aqui sempre como um explorador que desembarca na África. Dou telefonemas. Ponho em dia minhas amizades. Esse está ocupado, aquele ausente. A vida deles continua, eu estou chegando. Chamo então Escot, que leva uma vida solitária, vamos ao cinema. É tudo.

Mamãe, o que eu quero numa mulher é acalmar essa inquietação. É por isso que preciso tanto de uma. Você não pode imaginar como é pesado e como é sentir sua juventude inútil. Você não imagina o que uma mulher pode dar, o que ela poderia dar.

Estou sozinho demais neste quarto.

Não pense, mamãe, que estou com uma tristeza insuperável. É sempre assim quando abro a porta, jogo meu chapéu e sinto que o dia acabou e que fugiu entre os dedos.

Se eu escrevesse todos os dias, seria feliz porque restaria alguma coisa.

Nada me encanta mais que me ouvir dizer: "Como você é jovem", porque preciso muito ser jovem.

Apenas não gosto de pessoas que a felicidade já satisfez, como S... e que não se desenvolvem mais. É preciso ser um pouco inquieto para ler em torno de si. Então, tenho medo do casamento. Depende da mulher.

Uma multidão que se enfrenta, quando nada, está encarregada de promessas. Mas ela escapa e, depois, aquela de que precisamos é feita de vinte mulheres. Pergunto demais para não destruir logo.

Lá fora está um frio glacial. A luz das vitrines é dura. Acho que poderíamos fazer um belo filme dessas impressões da rua. Aqueles que fazem cinema são cretinos. Não sabem ver. Não compreendem nem mesmo seu instrumento. Quando penso que basta notar dez rostos, dez movimentos para tornar as impressões densas, mas eles são incapazes de fazer essa síntese e fazem fotografia.

Mamãe, queria ter coragem para trabalhar. Tenho muita coisa para dizer. Somente à noite eu abandono o fardo do dia e durmo.

Vou partir logo, não sei quando, talvez eu troque meu carro.

Um beijo com todo carinho. Não estou "em cima do muro", mas mesmo assim você pode me abençoar.

Antoine

66 TOULOUSE, [INVERNO 1926-1927][64]

Minha mamãezinha,

Vou viajar a qualquer momento para Marrocos, não venha, pois posso partir sem aviso prévio amanhã ou em qualquer dia.

Peguei mil francos emprestados, mas tive despesas altas. Moradia a ser paga antecipadamente, equipamentos para voo etc. Se puder me mandar por telégrafo mil francos, vou reembolsá-la no fim do mês que vem (vou receber no inverno 4 mil francos por mês). Se não der, mande o que puder. Posso embarcar *a partir de amanhã,* como pode ser dentro de cinco ou seis dias, mas fui prevenido a estar pronto. E ficarei muito constrangido em Marrocos com os cem francos que me restam...

Faço excelentes treinos e inspeciono os aviões em Toulouse. Os colegas são encantadores e espirituosos.

Escreverei amanhã com mais calma, pois estou com muito sono. Voei muito. Parei aqui cinco minutos para lhe escrever este bilhete, pois estou um pouco aflito de ter que partir sem dinheiro. Pensei que ficaria aqui por um mês.

Um beijo bem carinhoso,
Até amanhã.

Antoine

67 TOULOUSE, [INVERNO DE 1926-1927]

Minha mamãezinha,

Pedi-lhe dinheiro porque estou bastante aborrecido de estar prestes a partir sem nenhum tostão.

Pedi-lhe também que não viesse agora porque seria muito desagradável o desencontro.

Mas veja o que fará em quinze dias: você vai se munir de tintas e telas virgens e virá me encontrar em Toulouse; traga também um grande cachecol e um presente. Vou levá-la a Alicante, que é um povoado distante

---

64 Antoine acabara de ingressar na Companhia Latécoère, com sede em Toulouse. Ele foi piloto da linha Toulouse-Dakar.

na Espanha (é preciso oito dias para ir por terra). Lá, eu a instalarei em uma pensão dos aviadores ou em outra similar que lhe ofereço. Terá um descanso de quinze dias de sol e poderá pintar belos pores do sol sobre o mar. A cada três dias, passarei a tarde com você, e um dia, quando se cansar, eu a levarei novamente para a França. Faça um passaporte desde agora para a Espanha (dirija-se à prefeitura).

Estou um pouco entediado, fora isso, tudo bem.

Um beijo bem carinhoso, com todo amor,

Antoine

68 TOULOUSE [1927]

Minha mamãezinha,

Parto de madrugada para Dakar, estou bem contente. Levo um avião até Agadir e de lá vou como passageiro. Escrevi-lhe duas cartas, mas não tive respostas, espero que tenha escrito para lá. Assim, elas vão me acolher.

É uma pequena viagem de cinco mil quilômetros...

Minha mamãezinha, estou triste em deixá-la, mas, sabe, estou construindo uma situação estável para mim. Espero voltar como um homem pronto para casar. De todo modo, voltarei de licença em alguns meses e poderei enfim convidá-la para almoçar.

Mamãezinha, vou deixá-la. Estou com uma forte dor de cabeça e todas essas caixas, todas as malas para arrumar me perturbam a imaginação.

Envie-me alguns livros, se estiver lendo algum bom. Recomecei a escrever, vou mandar para *NRF*.

Um beijo carinhoso, mamãezinha, com todo o meu amor.

Respeitosamente, seu filho,

Antoine

69 [DAKAR, 1927]

Minha mamãezinha,

Estou em Dakar, tão contente em viajar. Vi de perto esses mouros terríveis... Eles se vestem de azul e têm um grande cabelo encaracolado.

Uma aparência estranha! Eles vêm a Juby, a Agadir, a Villa Cisneros, olhar de perto os aviões. Ficam lá por horas, silenciosos.

A viagem ocorreu bem, fora uma pane e o avião esmagado no deserto. Um colega veio nos buscar e dormimos em um pequeno fortim francês, onde o sargento que comandava não tinha mais visto um branco há meses!

Envio apenas um bilhete, o correio parte imediatamente, e depois, só dentro de oito dias. Dakar é bastante feia, mas o restante da linha é uma maravilha.

Mando beijos com grande ternura. Escreverei cada vez que tiver correio. Só começo a linha no dia 24 e vou aproveitar para obter mais conhecimentos.

Respeitosamente, seu filho,

Antoine

70 [DAKAR, 1927]

Minha mamãezinha,

Vou viajar como correio apenas no dia 24. Daqui até lá, levo em Dakar uma vida possível. Sou recebido em todos os lugares e... estão me fazendo até dançar! Foi preciso vir ao Senegal para sair.

Faz um calor aceitável, mas eu prefiro o frio da França a essa temperatura bizarra em que se transpira sem estar com muito calor e onde não se sabe nunca se é preciso se agasalhar ou não. Apesar de tudo, eu não poderia estar melhor.

Não recebo nada de você há um mês. Contudo, eu escrevi com frequência e isso me entristece. Teria me acolhido tão bem aqui um bilhete seu, pois você é, mamãezinha, a grande ternura do meu coração. É quando estou longe que vejo melhor como as amizades são um refúgio, e uma palavra sua, uma lembrança sua curam a melancolia. Sobre minha mesa, tenho seu pastel obscuro, o ramo de aveleira que não é bem um ramo, mas sua luminosidade me encanta, e sua foto, na qual está com um ar sonhador que eu conheço. E todas as suas cartas dos últimos três anos em uma gaveta.

Escrevo sempre: *Passar adiante*, em Saint-Maurice, por não saber seu endereço. Espero que isso não atrase muito, poderia me dar o endereço?

De barco, é preciso um tempo espantoso. Escreva "Linhas Aéreas Latécoère, Toulouse, *passar adiante...*" exceto se tiver um pacote para me expedir. Nesse caso, envie-o para Dakar por avião, depois de ter se informado sobre o preço em uma agência de correio, pois eu não sei se em Toulouse vão enviar gratuitamente uma encomenda.

Mande notícias da família, a minha, minhas irmãs [...]

Um beijo carinhoso, com amor,

Antoine

71 [DAKAR, 1927]

Minha mamãezinha,

Minha doce Didi,

Meu adorável Pierre,

Envio-lhes uma carta coletiva, pois nada é tão doce quanto o seio da família. Envio uma carta ao seio da família.

Dormi, por causa de uma pane, na casa dos negros no Senegal. Dei-lhes geleia, o que os deixou maravilhados. Nunca tinham visto nem europeu, nem geleia. Quando me deitei na rede, toda a aldeia veio me visitar. Tinha trinta pessoas ao mesmo tempo na minha cabana... me olhando.

Voltei às três horas da manhã, a cavalo, com dois guias, à luz da lua. Parecia mesmo um "velho explorador".

Didi e Pierre, preparem uma de suas chocadeiras. Dentro de quinze dias vou mandar ovos de avestruz por avião. É bem bonitinho um avestruz, e se alimenta facilmente: relógios, prataria, cacos de vidro, botões de nácar. Tudo que brilha é engolido.

Mamãe, que história é essa de espiritismo? Que quer que eu vá fazer de moto no Saara? Você nem imagina como é, parece muito pouco com o bosque de Bolonha. O espiritismo é a última das inépcias, não quero que essa inépcia a sensibilize.

Muito obrigado pelo livro.

Um beijo, com amor, para todos.

Antoine

72 [DAKAR, 1927]

Minha mamãezinha,

Suponho, sem saber, que esteja em Saint-Maurice. Gostaria de revê-la. Estou com um pouco de saudade de casa, mas quando isso vai ser possível?

Dakar continua com a temperatura suportável e eu estou bem. As viagens continuam com regularidade, mas são os únicos momentos variados da minha vida. Dakar é a mais burguesa das províncias.

Como vai passando? É agradável ter uma família encantadora, um sobrinho e você. Aqui as pessoas são tão sufocantes, não pensam em nada, não são nem tristes, nem contentes. O Senegal as deixou vazias delas mesmas. Por isso, sonho com pessoas que pensam em alguma coisa, que tenham alegrias, sofrimentos, amizades.

Aqui as mentalidades são tão cinzentas.

É um país bem decepcionante, sem envergadura, como Marrocos, sem passado, sem classe, um país imbecil. Não sonhe com o Senegal!

Não tem nem mesmo uma hora do dia que seja agradável. Não tem nem aurora, nem crepúsculo... um dia pesado, cinzento e depois, sem transição, a noite úmida.

E, na sociedade, fofocas piores do que em Lyon.

Fico por aqui. Vou levar esta carta ao correio.

Um beijo, com todo o meu amor,

Respeitosamente, seu filho,

Antoine

73 DAKAR [1927]

Minha mamãezinha,

Recebi um bilhete seu, mas sem endereço. Não tenho grande coisa para contar, exceto que estou dançando como um jovem gigolô e que esta carta, sou eu quem vai levá-la amanhã a Juby.

Dakar não muda. Não vale a pena, com certeza, ir procurar no fundo da África um subúrbio lionês qualquer...

Espero, contudo, que ao meu retorno de Juby eu possa fazer com um colega uma pequena expedição pelo interior e caçar um crocodilo. Seria bastante divertido.

Mas meu maior consolo é minha profissão.

Estou escrevendo algo importante para a *N.R.F.*, mas estou meio confuso na minha narrativa. Quando terminar, vou enviá-lo para ter sua opinião.

Só escrevo uma cartinha por falta total de imaginação. Este país não favorece em nada [...]. Nem mesmo temos a impressão de estar longe. Mas quero que receba regularmente notícias minhas.

Beijos carinhosos, com todo amor,

Antoine

74 DAKAR [1927]

Minha mamãezinha,

Este bilhetinho semanal para tranquilizá-la. Vou bem e estou contente. E também para demonstrar-lhe todo o meu carinho, minha mamãezinha, você é o bem mais doce do mundo e estou *tão preocupado* por não me ter escrito esta semana.

Minha pobre mamãezinha, você está tão longe. E penso sempre em sua solidão. Iria gostar muito se fosse para Agay. Quando voltar, poderei ser o filho que desejo ser e convidá-la para jantar e lhe proporcionar mil agrados, já que, quando veio a Toulouse, foram tamanhos meu constrangimento e minha tristeza por não poder fazer nada por você e isso me deixou tão mal-humorado e triste que não soube ser carinhoso.

Porém, quero que saiba, mamãezinha, que você povoou minha vida de doçura, como nenhuma pessoa conseguiria. E que você é a mais "refrescante" das lembranças, aquela que desperta mais em mim. E o menor objeto vindo de você me aquece o coração: o pulôver, as luvas; meu coração que eles protegem.

Tenha certeza também de que tenho uma vida maravilhosa.

Um beijo carinhoso,

Antoine

75 DAKAR, 1927

Minha mamãezinha,

Espero que esteja no sul, e fico tão feliz por você.

Estou feliz como um papa neste país e lhe mando uma pequena fotografia onde estou, doce, tímido e encantador. Pareço uma jovem virgem.

Dakar é um buraco, todo mundo está me dizendo esta noite que estou... noivo.

Eu era o único que não sabia, não se pode sair com alguém sem ser seu amante, nem com uma moça sem ser seu noivo. É um pouco desesperador.

Estou com um aviso de correio seu que irei procurar amanhã. Você é um amor. Escrevo-lhe antes de ter aberto a encomenda, porque o correio parte amanhã.

Um beijo bem carinhoso, com todo o meu amor.

Antoine

P.S. Ninguém me escreve!

76 PORT-ÉTIENNE [1927]

Minha mamãezinha,

Escrevo-lhe de Port-Étienne, onde estou em escala. É em pleno deserto. Tem umas três casas. Dentro de quinze minutos, partimos.

Cacei leões na semana passada. Não matei nenhum, mas atirei e feri um. Em contrapartida, fizemos uma grande hecatombe de outros animais – javalis, chacais etc. Quatro dias de carro pelos confins do Saara, na Mauritânia. Percorríamos o deserto como tanques.

Fui convidado por um chefe mouro em Boutilimit. Isso pode ser interessante para a linha. Talvez me leve em dissidência. Que expedição maravilhosa! [...]

Vou bem. Como vai Monot? A carta do tio Hubert me esperava e vou lhe mandar selos.

Faz um calor espantoso neste doce Saara. À noite, ao contrário, tudo transpira água. É um país estranho. Mas cativante...

Um beijo, com todo o meu amor, minha mamãezinha,

Antoine

77 [EM ESCALA: JUBY, 1927]

Meu velho irmão,

Tomei um banho de mar. Isso me fez pensar em você, em Didi, em Agay e na França, porque continuo sendo patriota. E porque esta noite estou entediado como uma virgem – imagine! eu lhe escrevo.

Como havia no mar vagas e ondas, fiquei com vagas de tristeza na alma. (Não, não estou cansado por tão pouco. Sou capaz de fazer muito mais do que isso.) Havia também grandes medusas, como tonéis, mas, felizmente, elas têm pouca iniciativa.

Meu banho era involuntário. Quis andar de bote e cruzar umas vagas – nobre ambição. Mas acabei ficando sob o bote. E também sob as vagas.

Aqui nos divertimos muito. Estamos alojados num forte espanhol construído na praia e podemos chegar sem perigo até o mar. São pelo menos vinte metros. Faço essa caminhada várias vezes por dia. Mas se a gente se afastar mais de vinte metros, receberá tiros de fuzil. E se passar além de cinquenta metros, mandam-no juntar-se a seus antepassados ou o levam como escravo, depende da estação. Na primavera, se você for delicado, corre o risco de virar uma sultana. É sempre melhor do que morrer. Tem também a possibilidade de se tornar um grande eunuco. Isso é mais desagradável.

Se eu estivesse em Juby há quinze dias, teria sido a glória da família. Meus colegas que estavam lá salvaram os viajantes. Minha equipe, que pena!, estava em Dakar, porque ficamos revezando nos bocejos aqui. E quando chegamos, estava tudo acabado.

Tive ontem uma pequena emoção. Fazia uma noite sombria. Uma dessas noites mencionadas pelas Sagradas Escrituras no capítulo do dilúvio. Havia uma tempestade de areia e, como diria bem verdadeiramente Ponson du Terrail, "os uivos do vento respondiam aos lamentos das ondas". Ora, justamente, minhas refeições da véspera tinham terminado a sua pequena viagem e pediam liberação. Como o único w.c. de Juby é o pátio do forte ou o Saara, optei pelo Saara e saí (porque temos uma pequena ala independente).

É, além disso, proibido.

Eu misturava minha humilde voz à grande voz da tempestade quando ouvi passos. Não enxergava dois metros à minha frente. Como diria com mais força Ponson du Terrail no capítulo da violação da marquesa, meu sangue só deu uma volta e paralisou em minhas veias.

Já tinha saído antes, mas sempre com duas sentinelas. Eu dava a eles um aviso, e voltávamos. Mas, dessa vez, não tinha nem mesmo o meu revólver. Fiz calar minha humilde voz e fui recuando de mansinho.

E eis que então, do alto de um muro, um cara desastrado de sentinela começou a berrar como um bezerro. E em espanhol. Ele fazia a advertência de costume. (A ordem é atirar em qualquer sombra.) Em espanhol, só sei dizer "oh". Respondo então o que posso: "Companheiro... velho companheiro... amigo de infância". E para ter mais segurança, fujo de quatro, junto ao muro. Voltei assim. Quando empurrei a porta, ele atirou. E eu soltei um ufa!

Didi me pergunta o que eu estou fazendo... Pois bem, faço a linha do Saara insubmisso: Dakar-Juby. O Saara começa assim que é transposto o Senegal. É a Mauritânia francesa. É insubmisso a partir de Port-Étienne, onde começa a zona espanhola (Rio de Oro). Os colegas de Casablanca-Juby estão em dissidência, de Juby até Agadir.

É muito esportivo. Mataram dois dos nossos pilotos no ano passado (em quatro), e durante mil quilômetros tenho a honra de receber tiros como se fosse uma perdiz. Os outros mil são mais tranquilos (porque fazemos 2 mil quilômetros na ida, 2 mil na volta, em cada correio!).

Já fiquei em pane no deserto, mas meu companheiro de equipe (voamos em dois aviões) pôde me tirar dessa: tinha aterrissado em um campo de areia dura. Se não há como resgatá-lo, deve ser menos divertido. Os uruguaios nos contaram que, se eles fossem franceses, com certeza teriam sido mortos. Várias vezes já estiveram na mira. Enfim, se eu for pego, serei muito educado, pedirei minhas desculpas, como fiz com meu leão outro dia, quando eu mal o feri, e minha Winchester emperrou. Não era mais engraçado: parece que os leões detestam ser feridos.

Muito suscetíveis essas feras, mas estava de carro e tive a ideia genial de apertar a buzina. Excelente efeito. Porque cacei leões na Mauritânia, nos confins do Saara. Quatro dias de carro no deserto. Nem mesmo um rastro de camelos, navegávamos pela areia, contornávamos dunas etc., alojáva-mo-nos em acampamentos, onde nossos dois carangos espalhavam horror e depois admiração. Quando encontrávamos rebanhos, requisi-távamos carneiros. Era uma vida de grande senhor.

Escrevi a Didi detalhadamente sobre essa expedição, e depois encontrei minha carta dentro de um livro. Talvez não a tenha recebido?

Pierre, é meia-noite, não quero incomodá-lo mais numa hora imprópria como essa. Tenho certeza de que está com sono.

Um grande beijo,

Antoine

[P.S.] Minha missão consiste em entrar em contato com as tribos mouras e tentar, se possível, fazer uma viagem em dissidência. Tenho a profissão de aviador, embaixador e explorador. Estou combinando uma descida minha ao fosso dos ursos. Se conseguir e se eu voltar, que lembranças!

Não recebi nenhuma carta de mamãe. *Que Didi lhe faça a gentileza de ensinar como se deve escrever o endereço!* Tentei duas vezes... – Estou muito preocupado, pois sei que mamãe está gripada. Escreva-me logo.

[P.S. Dakar]
Descobri o problema, mamãe escreve posta-restante, tudo bem, não lhe diga nada.

Convido para tomar uma comigo. Se tiver oportunidade de passar por aqui, terei o maior prazer em cumprir minha promessa. Fico entediado sozinho. Se não der, tentarei daqui a um ano passar por Agay (quem me dera!).

Dakar é muito bonita à noite, quando todos dormem. É como você.

Encontre para mim uma pessoa encantadora. Terei grande prazer em contribuir para melhorar a raça humana. Se for rica, terá uma porcentagem sobre o dote; se for bonita, terá uma porcentagem sobre... não, isso não. Você é muito sátiro.

Não tenho sono e estou só. Quanto tempo perdido!

E você, a essa mesma hora... sátiro! (Não era para você que a menininha dizia: "Poxa, como você é desastrado para ser um sátiro!"?)

Boa noite, mesmo assim.

Escreva-me pelo menos uma vez na vida. Deus lhe pagará. (Não quero dizer que lhe escreverá, mas talvez faça voltar a crescer seus cabelos. Que recompensa!)

Antoine

78 [JUBY, FINAL DE 1927]

Mamãezinha,

Imagine que fui avisado da minha partida algumas horas apenas antes dela, e, na agitação em fazer minhas bagagens, não tive tempo de escrever.

Por enquanto, estou como chefe do campo de pouso[65] em Cabo Juby, onde levo uma vida de monge. Estou bem. Tenho alguns aviões para testar e muitos papéis para preencher. Isso convém bastante à minha convalescença.

Fiz ontem um levantamento topográfico do terreno. Como é um lugar insubmisso, tinha um guarda de honra de chefes mouros amigos. Espero poder passear um pouco, quando tiver feito amizades protetoras. Enquanto isso, remo um pouco, respiro o ar puro do mar e jogo xadrez com os espanhóis que conquistaram minhas indicações estrondosas.

Como vai passando? Está em Combles? Um beijo carinhoso, com todo o meu amor,

Antoine

---

65 Na época, as empresas utilizavam os *aéroplaces* para as suas escalas, fosse em seu próprio terreno, fosse em terrenos que não pertenciam a elas (por exemplo, Juby). Nesses lugares, mantiveram um serviço permanente, principalmente com seus próprios meios de transmissão (telefone, rádio). O chefe desse departamento, *chef d'aéroplace*, era responsável, tanto à frente de sua companhia quanto do comandante do terreno, pelo movimento no solo de pessoas e aeronaves. Essa prática foi interrompida quando a autoridade absoluta de todos os aparelhos foi conferida aos serviços da torre de controle dos aeródromos.

79 JUBY, 1927

Mamãezinha,

Que vida de monge estou levando! No canto mais perdido de toda a África, em pleno Saara espanhol. Um forte na praia, nosso barracão encostado nele e mais nada por centenas e centenas de quilômetros!

O mar, na hora das marés, nos banha completamente, e à noite, se me debruço sobre a claraboia – somos dissidentes –, tenho o mar sob mim, tão próximo como num barco. E ele bate a noite inteira em minha parede.

A outra fachada dá para o deserto.

É um despojamento total. Uma cama feita com uma tábua e um colchão de palha fino, uma bacia, um jarro d'água. Ia esquecendo os bibelôs: a máquina de escrever e os papéis do campo de pouso! Um quarto de mosteiro.

Os aviões passam a cada oito dias. Entre eles, são três dias de silêncio. E quando meus aviões partem, é como se fossem meus filhotes. Fico inquieto até que a T.S.F. me tenha comunicado a passagem deles pela escala seguinte – a mil quilômetros. Estou sempre pronto para partir em busca dos perdidos.

Dou chocolate todos os dias a um bando de pequenos árabes, espertos e encantadores. Sou popular entre os garotos do deserto. Há pequenas mocinhas que já têm ares de princesas hindus e fazem pequenos gestos maternais. Tenho velhos companheiros.

O marabu vem todos os dias me dar uma aula de árabe. Estou aprendendo a escrever. E já consigo me virar um pouco. Ofereço chás mundanos aos chefes mouros. E eles me convidam para tomar chá em suas tendas, a dois quilômetros da dissidência, onde nenhum espanhol jamais foi. E irei mais longe. Não vou correr nenhum risco, porque estou começando a ficar conhecido.

Deitado nos tapetes, vejo por uma fenda na lona a areia calma, ondulada, o solo curvado, os filhos do xeique brincando nus sob o sol, o camelo amarrado perto da tenda. E tenho uma estranha impressão. Não de afastamento, nem de isolamento, mas de um jogo fugidio.

Meu reumatismo não piorou. Está bem melhor do que antes da minha partida, mas a melhora é bastante lenta.

˙E você, mamãezinha, aí no seu outro deserto, com seus outros garotos adotivos? Estamos os dois longe de qualquer existência.

Tão longe que me acredito na França ou tão perto, levando uma vida familiar e reencontrando velhos amigos; penso que estou fazendo um piquenique em Saint-Raphaël. No dia vinte de cada mês, quando o veleiro das Canárias nos abastece, de manhã, ao abrir minha janela, o horizonte está todo decorado com uma vela toda branca, toda bela e limpa como roupa lavada; veste todo o deserto, e isso me lembra a "lavanderia" das casas, o lugar mais íntimo. E penso nas velhas arrumadeiras que passam a vida toda toalhas brancas e as empilham dentro dos armários, e isso perfuma o lugar. E minha vela balança suavemente, como um gorro bretão bem engomado, mas é uma doçura tão breve.

Cativei um camaleão. É meu papel aqui cativar. Gosto disso, cativar é uma bela palavra. E meu camaleão se parece com um animal antediluviano, parece um diplodoco. Tem movimentos de lentidão extraordinária, precauções quase humanas, se abisma em reflexões intermináveis. Fica horas imóvel. Parece vir dos confins do tempo. Nós sonhamos os dois à noite.

Mamãezinha, um beijo com todo o meu amor. Escreva-me uma cartinha,

Antoine

80 [JUBY, 24 DE DEZEMBRO DE 1927]

Mamãezinha,

Vou bem. A vida é pouco complicada e pouco fértil em histórias. Contudo, há alguns sinais de agitação porque os mouros daqui temem um ataque de outras tribos mouras e se preparam para a guerra. O forte não se perturba mais do que um leão bondoso, mas durante a noite lançam foguetes a cada cinco minutos, que clareiam maravilhosamente o deserto com uma luz de ópera. Tudo isso vai terminar como todas as grandes manifestações mouras, com o roubo de quatro camelos e três mulheres.

Usamos como mão de obra alguns mouros e um escravo. Este infeliz é um negro roubado há quatro anos em Marrakech, onde tem mulher e filhos. Aqui, a escravidão sendo tolerada, ele trabalha para o mouro que o comprou e lhe entrega seu ganho todas as semanas. Quando ficar cansado demais para trabalhar, o deixarão morrer, é o costume. Como é um dissidente, os espanhóis não podem fazer nada. Eu poderia embarcá-lo às escondidas num avião para Agadir, mas nós seriamos todos assassinados. Ele vale 2 mil francos. Se você soubesse de alguém que ficasse indignado com tal situação e que me mandasse essa quantia, eu o compraria e o mandaria para sua mulher e seus filhos. É um cara corajoso, tão infeliz.

Adoraria passar com vocês o Natal em Agay. Agay é para mim a imagem da felicidade. Fico um pouco entediado lá, mas é como uma felicidade contínua demais. Se for a Casablanca na próxima semana, o que é possível, vou escolher para essas crianças tapetes *zaïam* [*sic*][66] da mais fina qualidade. Parece que eles estão precisando.

Faz um tempo cinzento hoje. O mar, o céu e a areia se confundem. É uma paisagem do deserto da época primária. De vez em quando, um pássaro marinho dá um grito estridente e nos surpreende com esse traço de vida. Ontem, tomei um banho. Fiz também papel de estivador. Recebemos uma encomenda de duas toneladas, por navio. Não foi uma pequena expedição essa, fazê-lo transpor a barra para descarregá-lo na praia. Eu conduzia uma barcaça, grande como um navio-lavanderia, com a desenvoltura de ex-candidato à Escola Naval. Eu sentia um pouco de enjoo: fazíamos quase um looping.

Não estou precisando de nada. Tenho decididamente uma inclinação monástica. Ofereço chá aos mouros, vou visitá-los. Escrevo um pouco. Comecei um livro. Ele tem seis linhas. Enfim, já é algo.

Natal esta noite. Isso não significa nada aqui nesta areia. O tempo escoa sem ponto de referência. Estranha maneira de passar a vida neste mundo.

Um beijo carinhoso.

Respeitosamente, seu filho,

Antoine

---

66 Tapetes da tribo nômade Zayane.

81 [JUBY, 1927-1928]

Minha maninha,

Sua carta me comoveu: quantas lembranças! Estamos agora dispersos como os filhos de Babel, e no meu Saara me pergunto se fui eu mesmo que vivi tudo isso. Friburgo, a neve (como faria um bem aqui). Os Portes, Dolly de Menthon, Louis de Bonnevie.[67] Acham que não tenho coração porque nada exprimo, mas morrerei de melancolia pelo passado destruído, por todos esses passados destruídos. Dakar, Port-Étienne, Cabo Juby, Casablanca, os 3 mil quilômetros de costas não têm a densidade de 20 metros quadrados em Friburgo, ou do salão dos Portes, onde estava persuadido por estar apaixonado por Dolly. Na verdade, eu estava apaixonado por sua irmã, mas Dolly tinha a procuração e era ela quem respondia às minhas cartas. Isso sempre me deixou com raiva, mas agora me sensibiliza.

As mulheres daquele tempo me pareciam tanto mais encantadoras quando eu era virgem. É verdade que elas valiam bem seis velhas mouras que, quando a noite cai, arrastam seus rebentos pelos muros do porto e ali, em troca de uma peseta, prestam aos soldados serviços breves. De vez em quando, os mouros as surpreendem e as expulsam com fortes pontapés na barriga.

Estou farto de vigiar o Saara com a paciência de um guarda-linha. Se não fizesse alguns correios sobre Casablanca e, mais raramente, sobre Dakar (mas Dakar é uma lata de lixo), eu me tornaria neurastênico.

Casablanca é para mim o paraíso terrestre, como Genebra quando estávamos no colégio, porque é a primeira terra que abordávamos em férias. Aqui é o mesmo. A partir de Agadir, sobrevoo uma paisagem verde e montanhosa. Tem um suave frescor. A partir de Mogador, campos recortados como na Europa, isso acalma, não há mais nenhum tiro. Por fim, Casablanca – imagine – depois de três meses de monastério.

A propósito, você é cartista. Isso me deixou orgulhoso. Contei aos mouros. Mas me explique um pouco sobre o que você faz, pois não entendi nada.

Estou ficando rabugento. Depois de ter sido para com os mouros de uma mansidão infinita e cheio de ilusões humanitárias, começo a tratá-los de maneira mais dura. Eles são ladrões, mentirosos, bandidos, falsos e

---

67 Lembra do amigo Louis de Bonnevie, que faleceu em 10 de maio de 1927.

cruéis. Matam um homem como se fosse uma galinha, mas colocam seus piolhos no chão. Se têm um camelo, um fuzil e dez cartuchos, se julgam donos do mundo. Dizem amavelmente que se te encontrarem a um quilômetro, vão te cortar em pedacinhos. Entretanto, me chamam por um belo nome, "o comandante dos pássaros".

É meia-noite. Os sentinelas espanhóis soltam grandes gritos, parecem pássaros do mar. Bastante lúgubre. Um beijo.

Antoine

82 [JUBY, FIM DE 1927]

Mamãezinha,

Vou bem. Acho que no ano que vem vou precisar de um tratamento em Aix. Fora isso, há um sol monótono sobre um mar sempre agitado, pois o oceano aqui nunca está calmo.

Sempre leio um pouco e decidi escrever um livro. Já tenho uma centena de páginas, mas estou um pouco travado na construção. Quero colocar coisas demais e pontos de vista diferentes. Eu me pergunto o que você acharia dele.

Se por acaso eu puder passar uns poucos dias na França, daqui a dois ou três meses, vou mostrá-lo a André Gide ou a Ramon Fernandez.

Comecei a sondar o terreno com os espanhóis sobre uma viagem, disfarçado de mouro dissidente. Comecei falando apenas em caça para não os afastar, depois vou tentar ampliar o princípio. É preciso uma diplomacia muito lenta. Por outro lado, não sei ainda qual é, deste ponto de vista, a opinião atual da casa, que antes era favorável.

Enfim, é preciso esperar pelo menos um mês, porque há guerra pelos arredores.

Sonho com Saint-Maurice e Agay, cheio de melancolia, embora comece a ficar cansado do mar! E com toda a doçura da França.

Um beijo carinhoso, com todo o meu amor.

Respeitosamente, seu filho,

Antoine

[P.S.] Assim que eu for à Casa, enviarei alguma coisa para o Ano-Novo.

83 [JUBY, 1928]

Mamãezinha,

Não poderei chegar antes do dia 1º de setembro. Isso por várias razões. Pedirei uma licença para essa data. Antes de tudo, não escreva a Sudour nem tente conseguir qualquer coisa por intermédio de Massimy. Esse apoio indireto me deixaria malvisto, pois já sou bastante grande para pedir o que preciso ao diretor. Ele não entenderia o porquê desse pedido pelas suas costas, sendo-me tão fácil obtê-lo pela frente.

Aliás, este país me parece cada vez mais banal. Este canto do Saara, onde duzentos homens conseguiram se fixar e vivem num forte sem nunca sair. Só o frequentam os mouros mais sujos. Aqueles que têm um pouco de dignidade se recusam a aproximar-se dos cristãos. Esses bastidores do Saara, ornados com alguns figurantes, deixam-me entediados como um subúrbio sujo.

Um dia ou outro, poderei talvez ajudar resgatando companheiros em pane, mas há muitos meses os aviões não erram o pulo por cima da dissidência.

Você leu *La Nymphe au cœur fidèle*, de Margaret Kennedy? É adorável. Recomendo-lhe também o *Perce-oreille du Luxembourg*, de A. Baillon, e *L'Autre Europe*: *Moscou et sa foi*, de Luc Dortain, que é um admirável estudo.

Tentei ler o *Rêve éveillé*, de Daudet, um pathos inimaginável. Não é filosofia, é uma cozinha complicada e indigesta.

Leia também *La Naissance du jour*, de Colette. É adorável.

Despeço-me para contar meus latões de gasolina. Além disso, espero o correio sul que está anunciado.

Um beijo, com todo o meu amor.

Respeitosamente, seu filho,

Antoine

84 [JUBY, 1928]

Mamãezinha,

Todos estão em grande movimentação procurando dois correios perdidos, não se sabe em que ponto do Saara. Um dos companheiros está prisioneiro. Não desci do avião durante cinco dias e fizemos coisas absolutamente magníficas.

Mando um beijo às pressas. Dentro de um mês e meio estarei na França. Perdoe-me este bilhete tão curto, mas estamos cheios de trabalho.

Antoine

85 JUBY, 1928

Minha Didizinha,

Acabamos de fazer coisas magníficas em busca de dois correios perdidos no deserto; quanto a mim, fiz cerca de oito mil quilômetros em cinco dias por cima do Saara. Fui perseguido como um coelho por trezentos tipos de *rezzous*. Passei por momentos terríveis, aterrissei quatro vezes na dissidência, onde passei uma noite em pane.

Em momentos como esse, arriscamos a pele com grande generosidade.

Por enquanto, sabemos que a tripulação do primeiro correio está prisioneira, mas os mouros pedem, para devolvê-la, um milhão de fuzis, um milhão de pesetas, um milhão de camelos. (Quase nada!) E as coisas vão mal porque as tribos começam a brigar pelo direito de posse.

Quanto à tripulação do segundo correio, com certeza foi se matar em alguma parte do sul, pois não temos mais notícias.

Estou pensando em voltar à França em setembro: preciso muito. Não quero voltar mais cedo, pois preciso de algum dinheiro para a minha licença e não tenho o suficiente.

Estou criando uma raposa feneco ou raposa solitária. É menor do que um gato e tem grandes orelhas. É adorável.

[*desenho*]

Infelizmente, é selvagem como uma fera e ruge como um leão.

Terminei um romance de 170 páginas, não sei muito bem o que pensar dele. Vai vê-lo em setembro.

Estou ansioso para retomar a vida civilizada, humana; você não poderia entender nada da minha, e a sua me parece tão longínqua. Parece um grande luxo ser feliz...

Teu velho irmão,

Antoine

N.B. Se você quiser, eu me caso...

86 [JUBY, 1928]

Minha mamãezinha,

Fizemos coisas magníficas ultimamente: procurar companheiros perdidos, resgate de aviões etc.; jamais aterrissei nem dormi tanto no Saara, nem ouvi tantas balas assobiar.

Espero ainda voltar em setembro, mas um colega meu está prisioneiro e é meu *dever* ficar aqui enquanto ele estiver em perigo. Pode ser que eu ainda sirva para alguma coisa.

No entanto, às vezes sonho com uma existência em que tenha uma toalha, frutas, caminhadas sob as tílias, talvez uma mulher, em que as pessoas se cumprimentem amavelmente quando se encontram, em vez de atirar, em que não haja o perigo de se perder a 200 quilômetros por hora no nevoeiro, em que se caminhe sobre um cascalho branco, e não nessa areia eterna.

Tudo isso está tão distante!

Um beijo carinhoso,

Antoine

87 [JUBY, 1928]

Mamãezinha,

Está decidido que volto à França assim que os companheiros prisioneiros há quase dois meses nos forem devolvidos. Até agora, não sabemos nada deles, nem mesmo se estão vivos. Aliás, há uma grande desordem no Saara, onde todas as tribos nômades estão em uma guerra carnífice.

É evidente que isso se parece pouco com Saint-Maurice.

Não estou tão mal, mas estou ansioso para voltar logo e me recompor um pouco em Aix-les-Bains ou Dax – mas principalmente para rever todos. Já faz onze meses de solidão, começo a me tornar um selvagem completo.

Fico por aqui mandando um beijo a todos de todo o meu coração. Talvez, para valer, no começo de setembro?

Respeitosamente, seu filho,

Antoine

[P.S.] Simone e Didi deveriam escrever-me.

88 JUBY, 1928

Mamãezinha,

Não vou mal. Sua carta me comoveu.

Pobre de mim, meus colegas continuam prisioneiros, temo que haja ainda uns 15 dias de negociações, e que isso me permita sair no fim de setembro.

E eu estou tão ansioso para estar com vocês...

Um beijo com todo o amor,

Respeitosamente, seu filho,

Antoine

89 JUBY, 1928

Mamãezinha,

Meu substituto caiu em pane nas mãos dos mouros, quando estava vindo tomar meu posto: não tenho sorte.

Devo ficar aqui ainda umas três semanas.

E eu estou com tanta vontade de rever você, beijá-la, agradá-la.

E também de sair de minha areia eterna! Não vivo mais, esperando essa partida.

Um beijo com todo amor,

Antoine

N.B. Não tenho nada aqui, mas pode contar comigo quanto ao livro, quando voltar.

90 [JUBY, OUTUBRO DE 1928]

Mamãezinha,

Estou numa grande alegria com a sua decisão de me esperar em Agay, iria morrer de frio em Saint-Maurice.

Estarei junto de vocês dentro de quinze dias. Conto partir no domingo, 21 de outubro, e passar uns quatro ou cinco dias em Casablanca para comprar roupas, porque não tenho nada.

Estou esperando uma ordem da Cia.

Eu me sinto tão próximo de voltar que não encontro nada para contar...

Um beijo para todos com todo o meu carinho.

Antoine

N.B. Meu substituto já está aqui.
N.B.2 Que alegria encontrá-los todos reunidos.
N.B.3 Dê um beijo em Pierre por mim.

91 [BREST, 1929]

Mamãezinha,

Seu telegrama me emocionou. E eu me odeio tanto por não saber mais escrever.

Mas certamente sua carta sobre meu livrinho foi a que mais me tocou. E tenho um desejo tão grande de revê-la. Se em um mês meu livro começar a ser vendido iremos juntos a Dax, preciso muito disso, estou triste e desgastado. E eu lhe mostrarei o livrinho que estou começando.

Brest não é muito divertida.

Se tivesse 4 mil ou cinco mil francos a convidaria para vir encontrar-se comigo em Brest. Mas só tenho dívidas agora. Gostaria de pedir emprestado, pois estou certo de que vou ganhar dinheiro com meu livro – mas pedir a quem?

Enfim, dentro de um mês estou partindo.

Queria também rever Saint-Maurice, minha velha casa. E minha arca. É verdade que pensei muito nela em meu livro.

Mamãezinha, como pode me perguntar se suas cartas me aborrecem! São as únicas que me fazem bater o coração de verdade.

Escreva-me e me diga o que estão dizendo sobre meu livro. Mas, por favor, não mostre aos X, Y e outros imbecis. É preciso no mínimo entender de Giraudoux para compreendê-lo.

Um beijo carinhoso.

Antoine

N.B. A crítica que me enviou é imbecil, mas teve melhores. Além do mais, é preciso esperar três meses para as mais importantes.

92 [BREST, 1929]

Minha querida mamãe,

Você é modesta demais. O *Argus* da imprensa me manda todos os jornais em que falam de você, e eu estou tão, tão feliz por a cidade de Lyon ter comprado um quadro seu, minha célebre mamãezinha!

Que família nós somos.

Penso que você está um pouco contente, mamãe querida, com seu filho e com você! Tornarei a vê-la antes de três semanas. Isso que me dará uma grande alegria.

Leu o artigo de Edmond Jaloux, o mais célebre dos críticos?

Se souber de outras opiniões, diga-me.

Um beijo do fundo do meu coração, com todo o amor.

Respeitosamente, seu filho,

Antoine

93 [A BORDO DOS *CHARGEURS RÉUNIS*, 1929]

Mamãezinha,

Estou a bordo.[68] Será uma viagem agradável. Ainda não tive *um* segundo desde minha partida e estou tão esgotado quanto desejoso de descansar. Enfim, chegou a hora.

Gallimard, muito contente com meu livro, cujas provas me enviará por avião, já quer outro logo.

Yvonne veio de Chitré até aqui para se despedir de mim, diz que no mundo literário todo mundo fala dele.

Você vai receber uma carta imensa enviada da escala em Bilbao, Espanha (dentro de três ou quatro dias) [...].

Um beijo muito carinhoso. Esta não é uma carta de despedida: é um bilhetinho, antes de Bilbao, para mostrar-lhe toda a minha afeição, mamãezinha, minha tão profunda afeição, que você conhece bem.

Beijos para tia Mad e vovó.

Beijos para Didi,

Antoine

94 [A BORDO DOS *CHARGEURS RÉUNIS*, 1929]

Mamãezinha,

Viagem bem tranquila. Brincamos de adivinhação com as mocinhas, fantasiamo-nos, inventamos pequenos papéis. Ontem brincávamos de cabra-cega e de pega-pega. Sinto-me de novo com 15 anos.

É preciso muita imaginação para estar num navio. Nenhum barulho, um mar de espelho. Quase não ouvimos o sopro de imensos ventiladores que giram sem parar acima de nossas testas.

Está começando a ficar quente. Vamos fazer uma escala de cinco horas em Dakar. Velhas lembranças. Minha carta vai chegar, então, dentro de três ou quatro dias, de avião.

---

68 Viagem para Buenos Aires, onde chegou em 12 de outubro de 1929. Foi nomeado diretor da Aeroposta Argentina, filial da Compagnie Générale Aéropostale.

Mamãezinha, como o mundo é pequeno. Em Dakar, parece que ainda estou na França. Talvez seja porque conheço rochedo por rochedo, árvore por árvore, duna por duna, a avenida que vai de Toulouse ao Senegal. Nem uma pedra desse caminho que eu não reconhecesse.

Acabamos de chegar ao porto de Dakar e me entregam a sua carta. Fico emocionado, e depois me pergunto como você teve essa boa ideia. Você é uma mãe inventiva.

Ainda não me sinto nem triste, nem longe, nem mesmo ausente. Não se pode dizer que viajamos. Nenhum movimento, nenhum som e essas brincadeiras no salão, diante das mães de família sentadas em círculos! Nada disso é muito exótico nem muito colonial. A não ser esse vento quente e espesso de Dakar. Mas poderia imaginar que estou em Saint--Maurice, num dia sem ar.

Peixes-voadores e tubarões dão exibições ao longo da rota. As mocinhas dão gritinhos. Depois fazemos uma mímica sobre peixe ou um retrato de tubarão.

Vou desembarcar e colocar esta carta no correio. Beijo-os todos com muita ternura. Trago-os todos um pouco comigo.

Agora, você terá uma carta da América do Sul, em pouco tempo. Mamãezinha, esta terra é bem pequenina: nunca estamos tão longe.

Beijos para todos, com meu amor,

Antoine

95 BUENOS AIRES, HOTEL MAJESTIC, 25 DE OUTUBRO DE 1929

Mamãezinha,

Finalmente, acabo de saber o que estou fazendo...

Fui nomeado diretor de exploração da Aeroposta Argentina, companhia filial da Cie. Générale Aéropostale (com um salário de 225 mil francos, aproximadamente). Acho que você deve estar contente, eu estou um pouco triste. Até gostava da minha vida antiga.

Parece que isso me faz ficar velho.

Aliás, eu ainda pilotarei, mas para inspeções ou reconhecimentos de linhas novas.

Só fui informado do meu destino esta noite e não queria escrever-lhe nada antes. Então estou com o tempo curto, pois o correio postal deve ser postado antes de meia hora.

Escreva-me para o endereço da minha carta (Hotel Majestic) e não para a Companhia. Assim que eu tiver um apartamento, escreva-me para lá.

Buenos Aires é uma cidade odiosa, sem encanto, sem recursos, sem nada.

Segunda-feira vou a Santiago do Chile por uns dias, e sábado a Commodoro-Rivadavia, na Patagônia.

Vou enviar-lhe uma longa carta por navio amanhã.

Beijos, com meu amor para todos,

Antoine

96 [BUENOS AIRES,] 20 DE NOVEMBRO DE 1929

Mamãezinha,

A vida passa simples e tranquila como na canção. Fui esta semana a Commodoro-Rivadavia, na Patagônia, e a Assunção do Paraguai. Fora isso, levo uma vida calma e dirijo sabiamente a Aeroposta Argentina.

Não posso lhe dizer quanto prazer sinto pela minha situação por você. É uma bela vingança da sua educação, não acha? Reprovavam-na tanto.

Não é nada mau ser diretor de um negócio tão importante com 29 anos, não é mesmo?

Arranjei um apartamento mobiliado encantador. Este é o meu endereço – *Escreva sempre para*: Sr. De Saint-Exupéry, Galeria Goemes, Calle Florida, departamento 605, Buenos Aires.

Conheci pessoas muito simpáticas, amigas dos Vilmorin (dois dos irmãos, aliás, estão na América do Sul). Certamente encontrarei outras que gostam de música e de livros e me consolarão um pouco do Saara. E também de Buenos Aires, que é outro tipo de deserto.

Mamãezinha, você me escreveu uma carta tão doce que ainda estou emocionado. Queria tanto tê-la aqui. Daqui a alguns meses será talvez possível? Mas temo tanto por você em Buenos Aires, esta cidade da qual se fica tão prisioneiro. Imagine que não existem campos na Argentina. Nada. Nunca se pode sair da cidade. Fora só há campos quadrados, sem árvores, com uma barraca no centro e um moinho de ferro movido a água. Durante centenas de quilômetros de avião só se vê isso. Impossível pintar. Impossível passear.

Gostaria também de me casar.

E Monot? Envie-me notícias de todo mundo e do que dizem da minha situação. E do meu livro.

Beijos com amor a todos,

Antoine

97 BUENOS AIRES [1930]

Mamãezinha,

Você receberá pelo telégrafo 7 mil francos na semana que vem, dos quais 5 mil para pagar a Marchand e 2 mil para você. E vou enviar-lhe a partir do fim de novembro 3 mil francos por mês, em vez dos 2 mil de que lhe falava.

Refleti muito. Queria que você passasse o inverno em Rabat para pintar, pois é um lugar adorável e lá será muito feliz e poderá se ocupar com um monte de obras interessantes.

Eu lhe pagarei a viagem e depois, com 3 mil francos por mês para viver lá, acho que vai poder fazê-lo agradavelmente. Só que estou muito longe para cuidar disso e procurar algo para você por lá. Você não poderia escrever para os D'Auvenais ou a qualquer um dos conhecidos que tenham amigos em Rabat? Não gostaria que ficasse muito sozinha lá, mas acho que você vai desfrutar uma felicidade completa por lá. E é tão bonito. E dentro de dois meses estará cheio de flores.

Você poderá dar um passeio em Marrakech para pintar, mas creio que Rabat vai ser bom.

Em todo caso, não quero Casablanca.

Aqui é um país muito sinistro. Mas estou passeando. Outro dia estive no sul, na Patagônia (poços de petróleo de Commodoro-Rivadavia), e lá encontramos nas praias bandos de milhares de focas. E capturamos uma pequena, que trouxemos de avião. Pois o sul, aqui, é a região fria. O vento do sul é o vento frio. Quanto mais se vai para o sul, mais se gela.

Agora o verão começa em Buenos Aires e faz calor.

Minha mamãezinha, abraços carinhosos,

Antoine

98 BUENOS AIRES [JANEIRO DE 1930]

Mamãezinha,

Estou lendo *Poussière*, penso que todos gostamos disso, bem como *La Nymphe au coeur fidèle*, porque neles nos reconhecemos. Nós também formamos uma tribo. E esse mundo das lembranças infantis da nossa linguagem e das brincadeiras que inventamos me parecerá sempre, desesperadamente, mais verdadeiro do que o outro.

Não sei por qual motivo penso esta noite no frio vestíbulo de Saint-Maurice. Nós sentávamos sobre as arcas ou nas poltronas de couro, depois do jantar, esperando a hora de irmos deitar. E os tios caminhavam de um lado para outro no corredor. Era mal iluminado, ouvíamos pedaços de frases, era misterioso. Era misterioso como os confins da África. Depois, o *bridge* se organizava na sala de estar, os mistérios do *bridge*. Íamos nos deitar.

No Mans, quando estávamos deitados, algumas vezes você cantava lá embaixo. Isso chegava até nós como os ecos de uma festa imensa. Era assim que parecia. A coisa mais "boa", mais tranquila, mais amiga que já conheci foi a pequena estufa do quarto de cima em Saint-Maurice. Nunca nada me tranquilizou tanto sobre a existência. Quando acordava à noite, ela roncava como um pião e na parede fabricava boas sombras. Não sei por quê, pensava que era como um *poodle* fiel. Essa estufa nos protegia de tudo. Algumas vezes, você subia, abria a porta e nos encontrava bem envolvidos em um bom calor. Você a ouvia roncar a todo o vapor e descia novamente.

Jamais tive um amigo igual.

O que me fez conhecer a imensidão não foi a Via Láctea, nem a aviação, nem o mar, foi a segunda cama do seu quarto. Era uma sorte maravilhosa estar doente. Cada um queria que fosse a sua vez. Era um oceano sem limites aquele a que a gripe dava direito. Havia também uma chaminé viva.

Quem me fez conhecer a eternidade foi a srta. Marguerite.

Não estou bem certo de ter vivido depois da infância.

Agora estou escrevendo um livro sobre o voo noturno. Mas no seu sentido íntimo é um livro sobre a noite. (Eu nunca vivi senão depois das nove da noite.)

Eis o começo, são as primeiras lembranças sobre a noite:

"Nós sonhávamos no vestíbulo quando caía a noite. Ficávamos espiando a passagem dos lampiões: eram carregados como se fossem flores, e cada um agitava nas paredes sombras belas como folhas de palmeira. Depois, a miragem virava, em seguida, fechava-se no salão esse buquê de luz e de palmeiras sombrias.

"Então, o dia tinha acabado para nós e, em nossos leitos de crianças, embarcavam-nos para um outro dia.

"Minha mãe, você se curvava sobre nós, sobre a partida dos anjos e, para que fosse tranquila a viagem, para que nada agitasse nossos sonhos, você apagava do lençol aquela dobra, aquela sombra, aquela onda...

"Porque se acalma um leito como o dedo divino, o mar."

Depois, são as travessias da noite menos protegidas, o avião.

Você não tem ideia da imensa gratidão que sinto por você, nem que casa de recordações construiu para mim. Faço de conta que não sinto nada. Acho que simplesmente me defendo terrivelmente.

Escrevo pouco, não é minha culpa. Fico de boca fechada a metade do tempo. Isso foi sempre mais forte do que eu.

Acabo de fazer um belo raide de 2500 quilômetros durante o dia. Foi quando voltei do extremo sul, onde o sol se põe às dez horas da noite, perto do estreito de Magalhães. É tudo verde: cidades sobre grama. Estranhas cidadezinhas de chapas metálicas. E pessoas que, de tanto sentirem frio e se juntarem em torno de fogueiras, tornaram-se muito simpáticas.

O sol apagava-se no mar. Era adorável.

Neste mês, eu lhe envio 3 mil francos. Penso que vai dar. Você os receberá entre os dias 10 e 15 [...]. Já lhe mandei 10 mil francos no total (vai dar 13 mil). Mas nem sei se os recebeu, e se lhe agradou. Gostaria de saber.

Um beijo com muito carinho,

Antoine

99 BUENOS AIRES, 25 DE JULHO DE 1930

Mamãezinha,

[...] Não estou indo mal. Começo a construção de um grande filme, que espero poder montar um dia. Enquanto isso, comprei uma pequena filmadora para levar-lhe algumas lembranças das Américas.

Estive ultimamente em Santiago do Chile, onde encontrei amigos da França. Que belo país, e como a cordilheira dos Andes é extraordinária! Estava a 6500 metros de altitude quando começou uma tempestade de neve. Todos os picos lançavam neve como vulcões e parecia que a montanha inteira começava a ferver. Uma bela montanha com cumes de 7200 metros (pobre Mont-Blanc!) e duzentos quilômetros de largura. Certamente tão inabordável quanto uma fortaleza, pelo menos neste inverno (infelizmente, aqui ainda é inverno), e lá em cima, no avião, uma sensação de solidão prodigiosa.

Aos poucos, encontrei aqui amigos agradáveis. Mas às vezes é melancólico estar sempre tão longe. Entretanto, mal saberia mais viver na França...

Escreva-me por via aérea, mamãezinha, não estou sabendo nada de vocês.

Um beijo carinhoso,

Antoine

100 [BUENOS AIRES, 1930]

Mamãezinha,

Estou muito desolado com o sofrimento que lhe causei. No entanto, eu também tive. Você sabe que eu já tinha me acostumado a me considerar como uma proteção para todos vocês. Eu queria ajudá-la, e a Simone mais tarde, e encontrar na minha volta um lar completo [...].

Se fiquei um tanto desiludido quanto à minha importância na família, nada disso tem a ver com a minha afeição.

Ela é muito grande e me custa muita melancolia; não posso pensar no meu pedaço de terra sem uma grande vontade de estar aí. E sem fechar os punhos diante de toda essa multidão que me rodeia, pensando no cheiro das tílias de Saint-Maurice, no cheiro dos armários, em sua voz, nos lampiões em Agay, e em tudo que descubro que faz cada vez mais o fundo de mim mesmo. O dinheiro não vale talvez nenhum sacrifício tão grande. E quando penso que Monot parte à procura dessa miragem e com bem menos consolo no ofício e no pão, sinto um pouco de amargura. Retorno possível, estágio provisório, tudo isso é uma piada. Ela verá como se é prisioneiro. Quando não se trata apenas de seus hábitos e suas necessidades. E como a vida é mesmo uma engrenagem. E, sobretudo, o estrangeiro que o prende para sempre.

Saiba que todos os atos são definitivos. Deixe as fumaças do deleite ou da experiência para os milionários. Quando se parte para a Indochina, é para ficar lá, mesmo morrendo de desespero. E isso não se conserta com umas férias, um dia, na França. Terminadas as férias, o retorno é certo: é a pior das doenças que pode acontecer. E não se retorna por causa de alguma tranquilidade desejada, mas pela atração poderosa de horas muitas vezes bastante amargas. É a vida que toma este rumo. Segue-se por ele naturalmente.

Eu quis fazer você vir, depois tive que lutar muito contra muitas coisas, e não estive certo de estar aqui para a sua chegada. Talvez outro dia eu esteja mais tranquilo. Então, poderá vir.

Escrevo pouco, não tenho tempo, mas o livro que formo tão lentamente será um belo livro.

Um beijo para você, mamãe. Saiba que de todas as ternuras a sua é a mais preciosa, e que voltamos para seus braços nos minutos difíceis. E que precisamos de você como uma criancinha, sempre. E que você é um grande reservatório de paz e que sua imagem acalma, tanto como quando você dava leite a seus pequeninos.

Penso na minha arca de Saint-Maurice, em minhas tílias. E conto para todos os meus amigos como eram nossas brincadeiras de infância, o cavaleiro Aklin dos dias de chuva, ou a feiticeira, esse conto de fadas perdido.

E é um exílio estranho estar exilado da sua própria infância.

Um outro beijo,

Antoine

101 TOULOUSE [1932]

Mamãezinha,

Agradeço-lhe por ter cuidado tão bem de minha mulherzinha.[69] Não poderia esperar outra coisa da sua ternura. Gostaria de ter ido vê-la e trazer minha esposa de volta, mas tenho tão pouco dinheiro que não seria prudente: mando um telegrama para que ela venha me encontrar.

Penso que iremos viver dois meses em Casablanca. Eu pedi Marrocos, provisoriamente, por causa da saúde dela. Ela será feliz lá. Espero, nesse meio-tempo, vir a Toulouse como correio e aproveitarei – meus negócios estarão melhores – para visitá-las.

Não vou deixar você tão sozinha, Didi estará aí; ela não me agradeceu pelo livro, o que não é gentil. Você o entregou?

Por piedade, diga-me o que pensam aqueles que o leram: não tenho nenhuma notícia.

Mamãezinha, despeço-me. Parto como correio às quatro horas da manhã. Preciso dormir! Um beijo com todo o meu amor; muito maior do que você pensa.

Antoine

102 CAIRO, 3 DE JANEIRO DE 1936

Mamãezinha,

Chorei quando li seu bilhetinho tão repleto de sentido, porque eu chamei por você no deserto. Estava cheio de raiva contra a partida de todos os homens, contra aquele silêncio, e chamava minha mãezinha.

É terrível deixar para trás alguém que precisa de você como Consuelo. Sente-se uma imensa necessidade de voltar para proteger e abrigar, e arrancam-se as unhas na luta contra essa areia que o impede de cumprir seu dever, e somos capazes de mover montanhas. Mas era de você que eu precisava para me proteger e me abrigar, e eu a chamava com um grande egoísmo de cabrito.

---

69 Antoine casou-se com Consuelo Suncin em 22 de abril de 1931, em Agay. Conheceram-se em Buenos Aires.

Foi em parte por Consuelo que voltei, mas é por você, mamãe, que se volta. Você, tão frágil, você sabia que era a esse ponto anjo da guarda, e forte, e sábia e tão cheia de bênçãos, que a invocamos, sozinhos, na noite?

Antoine

103 [ORCONTE, DEZEMBRO DE 1939]

Mamãezinha,

[...] Moro numa fazenda bem simpática. Há três crianças, dois avós, tias e tios. Mantemos uma grande fogueira na qual me revigoro quando volto de um voo. Porque nós voamos aqui a 10 mil metros... num frio de 50 graus negativos! Mas andamos vestidos de tal maneira (30 quilos de roupas!) que não sofremos muito.

Estranha guerra que acontece devagar. Nós trabalhamos um pouco, mas a infantaria! Pierre deve, certamente, cultivar suas vinhas e cuidar das suas vacas. É muito mais importante do que ser guarda-cancela ou cabo num depósito. Parece-me que ainda vão desmobilizar muito, para que a indústria possa reaquecer-se. Não há nenhum interesse em morrer de asfixia.

Diga a Didi para escrever um bilhetinho de vez em quando. Espero estar com todos antes de 15 dias. Ficarei muito feliz!

Do seu

Antoine

104 [ORCONTE, 1940]

Mamãezinha,

Eu lhe escrevi mesmo, mas estou muito triste com a perda das minhas cartas. Estive bem doente (febre muito forte, sem razão clara), mas já estou melhor e voltei ao grupo.

Não deve ficar chateada comigo por um silêncio que não era um silêncio de verdade, pois eu lhe escrevia e estava muito triste por estar doente. E depois, se você soubesse como a amo ternamente, como a carrego em meu coração e como me preocupo com você, Mamãe querida. Eu queria, antes de tudo, que os meus estivessem em paz.

Mamãe, quanto mais a guerra avança, e os perigos e as ameaças para o futuro, mais aumenta minha preocupação com aqueles pelos quais sou responsável. Tenho a pobre Consuelo, tão frágil e tão abandonada, me causa uma piedade infinita. Se ela for refugiar-se algum dia no sul, receba--a, mamãe, como filha sua, por amor a mim.

Mamãezinha, sua carta me causou tanta dor, porque estava cheia de repreensão, e eu só queria de você mensagens infinitamente carinhosas.

Vocês estão precisando de alguma coisa? Tudo que estiver ao meu alcance, gostaria de fazer por vocês.

Um beijo, mamãe, com todo o meu amor, infinitamente.

Do seu

Antoine

Grupo aéreo 2/33.
Setor Postal 897.

105 [ORCONTE, 1940]

Mamãe querida,

Escrevo-lhe sobre meus joelhos, à espera de um bombardeio anunciado que não vem. Penso em você.

Nada, sem dúvida, nada certamente é para mim mais importante no mundo do que Didi, seus filhos e você. E é sem dúvida sempre por vocês que eu temo. Essa perpétua ameaça italiana me preocupa, porque ela os coloca em perigo. Tenho sofrido tanto. Preciso infinitamente do seu carinho, mamãe querida, minha mãezinha. Por que é preciso que tudo o que amo sobre a Terra seja ameaçado? O que me assusta, mais do que a guerra, é o mundo de amanhã. Todas as cidadezinhas destruídas, todas essas famílias dispersas. A morte me é indiferente, mas não gostaria que tocassem na comunidade espiritual. Eu queria todos reunidos em torno de uma mesa branca.

Não tenho nada de mais a contar sobre minha vida: não tem grande coisa para dizer: missões perigosas, refeição e sono. Estou terrivelmente pouco "satisfeito". Preciso de outros exercícios para o coração. Estou terrivelmente pouco contente com as preocupações da minha época. O perigo aceito e sofrido não é suficiente para aplacar em mim uma espécie de consciência pesada. A única fonte refrescante, eu a encontro em certas lembranças da infância: o cheiro de vela das noites de Natal. É a alma hoje que está completamente deserta. Morre-se de sede.

Poderia escrever, tenho tempo, mas ainda não sei escrever, meu livro não está amadurecido em mim. Um livro que "daria de beber".

Até logo, mamãezinha, aperto-a em meus braços com todas as minhas forças.

Do seu

Antoine

106 BORDEAUX, JUNHO DE 1940[70]

Minha mamãezinha querida,

Decolamos para a Argélia. Um beijo com todo o meu amor. Não espere cartas, pois será impossível, mas fique certa da minha afeição,

Antoine

107 [ARGEL, JUNHO DE 1940]

Querida Simone, o general Matais quis encarregar-se da minha carta. Estou vivo, apesar de meu grupo aéreo, o 2/33, ter perdido dois terços de suas tripulações. Estamos em Argel desde ontem, de onde partiremos, e ignoro para qual direção. Mamãe, Didi e as crianças, a quem pude telefonar três dias antes da viagem, iam muito bem. Espero que não tenha terríveis problemas, e que um dia possamos estar todos reunidos.

---

70 Por causa do avanço do exército alemão, em 14 de junho de 1940, o grupo 2/33 fugiu para Bordeaux, de onde Saint-Exupéry decolou para Orã, Argélia, a bordo de um Farman 220, transportando algumas peças e passageiros.

Não sei bem lhe falar esta noite, porque estou melancólico demais. Mas queria lhe dar um sinal de vida e lhe mostrar meu carinho, que passa ao largo das pequenas discussões particulares.

108 [LA MARSA, 1943][71]

Mamãezinha,

Fiquei sabendo agora que um avião parte para a França. O primeiro e o único. Quero lhe dar um beijo em duas linhas, com todas as minhas forças, que mando também a Didi e seu Pierre.

Sem dúvida, vou revê-la muito em breve.

Do seu

Antoine

109 1943

Mamãe querida, Didi, Pierre, todos vocês que amo tanto do fundo do meu coração, que foi feito de vocês, como vão, como vivem, como pensam? É tão, tão triste este longo inverno.

E, no entanto, espero muito estar em seus braços dentro de alguns meses, minha mamãezinha, minha velha mamãe, minha carinhosa mamãe, perto do fogo da sua lareira, dizendo-lhe tudo o que penso, conversando com o menos possível de contradições... escutando você me falar, você que teve razão em todas as coisas da vida...

Mamãezinha, eu amo você.

Antoine

---

71 Depois de um tempo nos Estados Unidos (1941-1943), onde publicou *The Little Prince*, Antoine juntou-se como capitão a uma unidade aérea do 7º exército americano, com base em La Marsa, próximo à Tunísia.

110 [BORGO, JULHO DE 1944][72]

Mamãezinha,

Eu queria tanto acalmá-la a meu respeito e que recebesse minha carta. Vou muito bem. Bem mesmo. Mas estou tão triste por não poder revê-la há tanto tempo. E estou preocupado com você, minha velha mamãezinha querida. Que época mais infeliz, esta.

Feriu meu coração que Didi tenha perdido sua casa. Ah, mamãe, gostaria de poder ajudá-la! Ela pode contar comigo para o futuro. Quando será possível dizer àqueles que amamos que os amamos?

Mamãe, dê-me um beijo como eu lhe dou do fundo do meu coração.

Antoine

---

72 Depois de ter recebido autorização para voar novamente pelo exército americano, em junho de 1944 fez voos de reconhecimento do sul da França e em 31 de julho fez sua última missão em Borgo. Essa foi a última carta enviada a sua mãe, que só a recebeu um ano depois.

Este livro foi impresso pela Paym Gráfica e Editora
em fonte Crimson sobre papel Lux Cream 80 g
para a Edipro no outono de 2017.